Les rendez-vous manqués

DE LA MÊME AUTEURE
AUX ÉDITIONS PIERRE TISSEYRE

COLLECTION SÉSAME/SÉRIE GASPAR
Mes parents sont des monstres, 1997.
Grand-père est un ogre, 1998.
Grand-mère est une sorcière, 2000.
Mes cousins sont des lutins, 2002.
Mon père est un vampire, 2003.
Ma tante est une fée, 2004.
Mon chien est invisible, 2006.

COLLECTION PAPILLON
Le temple englouti, 1990.
Le moulin hanté, 1990.
Le fantôme du tatami, 1990.
Le retour du loup-garou, 1993.
Vent de panique, 1997.
Rude journée pour Robin, 2001.
Robin et la vallée Perdue, 2002.
Lori-Lune et le secret de Polichinelle, 2007.
Lori-Lune et l'ordre des Dragons, 2007.
Lori-Lune et la course des Voltrons, 2007.
Lori-Lune et la révolte des Kouzos, 2009.

COLLECTION CONQUÊTES
Enfants de la Rébellion, 1989, Prix Cécile-Rouleau
    de l'ACELF, 1988.
Gudrid, la voyageuse, 1990.
Meurtre à distance, 1993.
Une voix troublante, 1996.
« Le cobaye », dans le collectif de nouvelles de l'AEQJ,
    Peurs sauvages, 1998.

COLLECTION SAFARI
Le secret de Snorri, le Viking, 2001.

COLLECTION FAUBOURG ST-ROCK +
L'envers de la vie, 2007.
Le cœur à l'envers, 2007.
La vie au Max, 2007.
C'est permis de rêver, 2008.
Les rendez-vous manqués, 2009.

ADULTES
Mortellement vôtre, 1995.
Œil pour œil, 1997.
Le ruban pourpre, 2003.

Nous remercions le ministère du Patrimoine canadien,
la SODEC et le Conseil des Arts du Canada
de l'aide accordée à notre programme de publication

 Patrimoine   Canadian
canadien   Heritage

 Conseil des Arts   Canada Council
du Canada   for the Arts

ainsi que le gouvernement du Québec
– Programme de crédit d'impôt
pour l'édition de livres
– Gestion SODEC.

Nous reconnaissons l'aide financière
du gouvernement du Canada
par l'entremise du Programme d'aide au développement
de l'industrie de l'édition (PADIÉ) pour ce projet.

Logo de la collection:
Vincent Lauzon

Illustration de la couverture:
Louis-Martin Tremblay

Maquette de la couverture:
Ariane Baril

Édition électronique:
Infographie DN

Dépôt légal 3e trimestre 2009
Bibliothèque nationale du Canada
Bibliothèque nationale du Québec

1234567890 IML 09

Copyright © Ottawa, Canada, 2009
Éditions Pierre Tisseyre
ISBN 978-2-89633-103-1
11325

Susanne Julien

Les rendez-vous manqués

Roman

ÉDITIONS
PIERRE TISSEYRE
www.tisseyre.ca

9300, boul. Henri-Bourassa Ouest, bureau 220
Saint-Laurent (Québec) H4S 1L5
Téléphone : 514 335-0777 – Télécopieur : 514 335-6723
Courriel : info@edtisseyre.ca

Catalogage avant publication de Bibliothèque et Archives nationales du Québec et de Bibliothèque et Archives Canada

Julien, Susanne

      Les rendez-vous manqués : roman
      2ᵉ édition

      (Collection Faubourg St-Rock plus ; 17)
      Édition originale : ©1995 dans la collection
        Faubourg St-Rock
      Pour les lecteurs de 12 ans et plus.

      ISBN 978-2-89633-103-1

      I. Tremblay, Louis-Martin. II. Titre III. Collection

PS8569.U477R46 2009   jC843'.54   C2009-940754-X
PS9569.U477R46 2009

1

Stéphane gare sa moto à proximité des terrains de tennis. Il préfère la garder à l'œil. Le manche de sa raquette dépasse de son sac à dos. Pour calmer la légère nervosité qu'il sent naître en lui, il observe les enfants qui courent et sautillent de l'autre côté de la clôture. Après un bon moment, il retire enfin son casque et s'avance vers la porte grillagée. Toute trace d'appréhension a disparu en lui. Il a reconnu quelqu'un.

Debout, appuyée au poteau qui tient le filet, une jeune fille regarde les gens avec des yeux noirs. Véritablement noirs. Elle n'a pas encore aperçu Stéphane qui s'approche derrière elle.

— Salut! Je ne savais pas que tu avais le droit de jouer! Courir après une balle n'a rien d'impie?

Elle sursaute comme si une guêpe l'avait piquée et se retourne vivement. À n'importe qui d'autre, elle expliquerait qu'elle n'est pas là pour elle-même, mais pour son frère. À n'importe qui sauf à Stéphane!

— Laisse-moi tranquille! Je n'ai rien à dire à quelqu'un d'aussi impoli que toi! s'exclame-t-elle en roulant exagérément les r.

— Impoli! Tu devrais plutôt te regarder avant de parler. Ce n'est pas très civilisé de ne pas répondre aux salutations des gens.

— Espèce de pauvre barbare inculte! Ça ne connaît rien aux bonnes manières et ça veut se montrer intéressant.

Stéphane retient un sourire. Il a réussi, encore une fois, à faire sortir Rachida de ses gonds. Durant les derniers mois de classe, c'était son sport préféré (après le tennis, bien sûr!). Cette fille, il ne peut pas s'empêcher de la provoquer. Il la trouve arrogante, froide et vieux jeu.

— Pourquoi tu te fâches? Ah! C'est vrai. Tu n'as pas le sens de l'humour. Chez vous, c'est défendu.

— Ce qui est défendu, c'est de dire des stupidités tout le temps comme tu le fais!

— C'est ça le problème: vous vous prenez un peu trop au sérieux et tout est dramatique. Relaxe! Détache ta laisse et viens voir comment ça se passe ailleurs!

— Qu'est-ce que tu veux insinuer? Que je suis une chienne!

— Non, que tu ressembles à une prisonnière. OK. J'aurais dû dire: «Sors de ta prison ou de ta cour.» Mieux encore: «Ôte ton costume d'esclave. Les femmes soumises, ce n'est plus à la mode.»

Rachida frémit de rage. Elle voudrait arracher la langue à cet imbécile. Lui clouer le bec pour qu'il cesse définitivement de la harceler avec ses propos limités. Oui, limité, voilà ce qu'il est!

— Tu fais preuve d'une étroitesse d'esprit assez lamentable. Pour un gars qui se croit intelligent, tu montres seulement que ton niveau intellectuel ne dépasse pas celui d'un enfant de cinq ans. C'est pour ça que tu es inscrit au cours des tout-petits.

— Erreur! *Primo*: c'est un cours pour les débutants. *Secundo*: il n'y a pas d'âge pour apprendre le tennis. *Tertio*: c'est moi le professeur! Bienvenue à la leçon numéro un: comment frapper sur une balle.

— J'aimerais mieux frapper sur ta tête. Mais je ne suis pas inquiète. Baveux comme tu es, il y aura sûrement quelqu'un pour le faire un jour.

En prononçant ces dernières paroles, Rachida a fixé son regard au loin, par-dessus l'épaule de Stéphane. Elle cesse immédiatement de parler avec lui et se dirige vers sa copine, Marilyn, qui vient d'arriver sur le terrain de tennis. Tout en s'éloignant, elle ajuste discrètement son *hijab*. Les deux filles, vêtues de façon à démontrer leur foi musulmane, discutent bientôt avec animation.

— C'est ça, marmonne Stéphane avant de hausser les épaules, va rejoindre ton ombre!

— Depuis quand tu parles tout seul, toi? Attention, la folie te guette!

— Oh! Salut! J'ai plutôt l'impression que c'est toi qui me surveilles.

Caroline, l'ancienne amie de cœur de Stéphane, poussant de peine et de misère un landau double, lui sourit gentiment en s'avançant vers lui. Elle montre du menton ses frères jumeaux et réplique en riant:

— Penses-tu que j'ai du temps à perdre? Avec ces deux-là à garder à l'œil, plus ma sœur et la petite Marie-Ève, j'ai de quoi m'occuper sans bon sens. Comme ça, tu es rendu moniteur de tennis pour la Ville! Toi non plus, tu ne chômeras pas. As-tu vu tous les enfants qui sont ici?

Stéphane hoche la tête. Il en a compté beaucoup plus que le nombre d'inscriptions prévues. Il a beau prétendre qu'on n'est jamais trop vieux pour apprendre à jouer au tennis, la moyenne d'âge de ses élèves se situe autour de neuf ou dix ans. Sans plus attendre, il tire un sifflet de sa poche et sonne le signal du début du cours. Lentement, les jeunes l'entourent. Quelques-uns sont accompagnés d'un parent, d'un grand frère ou d'une grande sœur.

Rachida incite un garçon, qui laisse traîner sur le sol le bout d'une raquette trop grande pour lui, à se rendre seul auprès du moniteur. Avec Marilyn, elle préfère épier de loin. Elles vont même s'asseoir dans les gradins.

Pendant que Stéphane prend les présences et vérifie les inscriptions, Caroline prodigue, à mi-voix, ses derniers conseils à sa sœur:

— Oublie pas, Josée! Quand la leçon sera terminée, va chercher Marie-Ève. Elle est avec le groupe des petits sur le terrain de jeux à côté de…

— Oui, oui, je le sais. En arrière de la piscine. Est-ce qu'il va falloir que je joue tout le temps avec elle? C'est un bébé.

— Mais non, tu fais juste me la ramener pour le dîner. Après, je m'arrangerai. Bon, va donner ton nom à Stéphane. Et tu es mieux d'être fine avec lui!

— Il le connaît déjà, mon nom, ronchonne Josée qui déteste se faire traiter comme une enfant. Pis, je serai fine si ça me tente.

Caroline lui a déjà tourné le dos. Elle a d'autres chats à fouetter. D'abord, elle veut vérifier que tout se passe bien avec Marie-Ève. Quand elle l'a laissée à la monitrice, la fillette ne débordait pas de joie. Elle se sentait même plutôt abandonnée. Elle s'était imaginé passer toutes ses journées avec Caroline à qui elle voue une adoration sans borne.

Mais selon l'entente conclue avec les tuteurs de Marie, l'enfant passe ses matinées dans un camp de jour de la Ville et Caroline la prend en charge pour le repas du midi et l'après-midi. C'est un accord qui arrange l'adolescente. De toute façon, elle est prise pour garder ses frères et sa sœur, alors aussi bien rentabiliser la chose en prenant soin d'un enfant de plus. Surtout qu'elle gagne moins à travailler pour sa famille que pour veiller sur Marie-Ève. De cette manière, l'été s'annonce un peu plus payant à défaut d'être amusant. Évidemment, elle n'aura pas beaucoup de temps à consacrer à la peinture sauf, peut-être, pendant le somme matinal des jumeaux.

Lorsqu'elle quitte le terrain de tennis, elle sourit en entendant la voix de Stéphane :

— OK, la gang ! Je veux voir tout le monde, les deux pieds sur la ligne au fond du terrain… Bravo ! Maintenant, les quatre, cinq qui fixent la clôture, tournez-vous de bord. C'est moi qu'on regarde parce que c'est moi qui donne le cours, pas la clôture. Hé ! le clown ! Je n'ai pas parlé de la ligne de fond de l'autre terrain. Viens te placer avec les autres! Non, non, je suis sûr qu'il reste une place pour toi. Arrive! Bon, ça, c'est une balle et ça, c'est une raquette. Et on se sert de l'une pour frapper sur l'autre. Non! Woh! Pas tout de suite!

C'est en riant franchement que Caro s'éloigne. Vraiment, elle ne changerait pas de place avec Stéphane. Qu'il se débrouille avec sa «gang»! Le ton utilisé par son ex-chum pour parler aux jeunes diffère énormément de celui de la monitrice des tout-petits. Il ne faut pas s'attendre à trouver dans la bouche de Stéphane des expressions du genre «Bonjour, les petits amis!» ou «Stéphane vous a préparé tout plein de belles activités». Ça sonnerait tellement faux qu'il ressemblerait à une caricature.

De loin, Caro jette un coup d'œil à sa protégée qui s'amuse avec les autres jeunes de son groupe. Elle l'aime bien, cette fillette. C'est d'ailleurs la principale raison qui l'a poussée à accepter de s'occuper d'elle. Elle aime bien son frère aussi. Mais Maxime, c'est déjà de l'histoire ancienne. Et puis, peut-on réellement parler d'histoire quand il n'est rien arrivé? Caro étouffe un soupir et revient sur ses pas.

«Il y a toujours des limites à passer pour une dinde! Je suis bien d'accord pour faire les premiers pas, mais quand on est rendue à une couple de centaines, on arrête! Faut que tu te fasses une raison, ma vieille, tu n'es pas son genre. C'est à se demander qui est son genre. À ma connaissance, il n'est jamais sorti avec personne. Pourtant… beau comme il est… Oh! Et puis, tant pis! Pense à autre chose! L'été qui commence. Le temps est splendide. Il fait chaud. Les oiseaux gazouillent. Les criquets chantent. Le ciel est bleu. Les arbres sont en fleurs. Et le Faubourg est rempli de garçons. Tu vas en trouver un autre. D'ailleurs, tu ne passes pas inaperçue avec tes deux bébés. Sainte Misère! Si tu fais courir les garçons, c'est en sens inverse. Ils se sauvent et avec raison. »

— Maudit sentier en garnotte! marmonne-t-elle en sentant les roues du landau s'enliser encore une fois. Ce n'est pas des roulettes que ça prendrait, mais des chenilles de char d'assaut.

Elle s'immobilise et cherche des yeux un chemin plus praticable pour sortir du parc. Malheureusement, tous les sentiers sont couverts de gravier. C'est à ce moment qu'elle voit les deux musulmanes marcher en direction de la rue de l'Oasis. Elle a remarqué, tout à l'heure, que Stéphane s'entretenait d'une façon assez animée avec l'une d'elles.

Même si Caro ne leur a jamais parlé, elle les connaît. À La Passerelle, elles sont devenues, probablement sans le désirer, des «personnalités». Ce qui, au départ, ne devait être qu'une simple blague a failli tourner à l'émeute. Caroline ne se souvient plus très bien laquelle des deux a été la victime de Stéphane. Car c'était lui l'instigateur de la farce. C'est plus fort que lui, il n'a jamais su résister au besoin de faire rire, surtout en se moquant d'autrui. Le pire, c'est que ça ne l'empêche pas de réussir en classe, avec des notes supérieures, de surcroît. Mais, pour un garçon qui entre en sciences pures au cégep à l'automne, il a parfois des comportements enfantins. Et lorsqu'il a dû affronter les foudres de Visvikis, la célèbre directrice adjointe, les trois quarts de l'école se sont ligués derrière lui pour prendre sa défense. Quel fouillis ça a été!

Les pleurs d'un des jumeaux interrompent les réflexions de Caroline. Elle se remet aussitôt en marche, pressée de rentrer à la maison pour coucher ses frères. Une petite heure de peinture ne lui déplairait pas.

C

Marilyn lève la tête. Elle a entendu la porte d'entrée se refermer. Son père vient d'arriver de son travail. Comme d'habitude, ça annonce l'heure du repas. Comme d'habitude, elle devra faire face au silence de sa mère, au regard plein de reproches de son père et aux remarques innocentes de Simon. Mais avant, elle a encore quelque chose à écrire dans son journal.

Me voilà en vacances! J'en ai fini avec La Passerelle. Je ne peux pas dire que ce furent les cinq années les plus difficiles de ma vie, mais la dernière vaut bien mes 17 ans. Non, je suis injuste, je n'ai pas le droit de me plaindre. Je n'ai pas travaillé tant que ça et j'ai obtenu de bons résultats. Le problème, c'était de supporter les sarcasmes des camarades de classe. Surtout les siens!

Moi qui pensais ne jamais le revoir! Ce n'était pas suffisant de l'endurer en classe, il va falloir que je le croise presque tous les matins. Quelle idée, aussi, d'inscrire Simon à des cours de tennis! Il n'a que sept ans et sa raquette est plus pesante que lui. Mes parents s'imaginent qu'il a déjà l'étoffe d'un champion! Si seulement ils le laissaient se rendre seul au parc, j'aurais la paix. Hélas, non, pour cela il est trop petit. Alors, c'est moi qui hérite de la corvée. En soi, ça n'a rien de si terrible. Enfin, c'est ce que je croyais avant ce matin. Il est bien le dernier type que j'espérais voir.

Encore ce matin, il a traité Rachida avec arrogance. Il le fait exprès, c'est certain. La provocation, ça le connaît. Le sans-gêne aussi. Il nous l'a assez prouvé, au mois de mai. Ce qui me dépasse le plus, c'est qu'il n'a pas été chassé de l'école. Deux jours de suspension, ce n'est rien. Le pire, c'est que ça s'est retourné contre nous. Tout le monde nous accusait d'agir avec l'intention de semer le trouble. C'est évident qu'on les dérange. Surtout lui! Quand je pense que, dans la classe, il a tiré sur mon hijab pour me l'enlever. «C'était pour rire», qu'il a expliqué à la directrice adjointe. Eh bien! Je ne l'ai pas trouvé drôle. Rachida était furieuse contre lui. D'ailleurs, il mélange tout. Il a osé prétendre que si le hijab était permis à l'école, on ne pouvait pas y refuser la casquette! Vraiment, il ne comprend rien à rien!

Le plus difficile, c'est que ça incommode même ma mère et mon père. Je les croyais plus ouverts d'esprit et je m'attendais à ce qu'ils prennent ma défense. Je me trompais. Là-dessus, ils sont bornés. Ils se sont mis de leur bord. J'ai cédé pour les heures de classe, mais pas plus. J'enlevais mon hijab et je le remettais à la porte de l'école. Tandis que Rachida,

*elle, sa position est différente. Toute sa famille l'ap-
puyait. Ils pensent tous comme elle. Leurs convictions
sont les mêmes. Mais elle n'est plus revenue à l'école,
sauf pour les examens de fin d'année. De toute façon,
elle s'en moque. Ça ne change rien dans sa vie, les
notes qu'elle peut obtenir.*

*Mes parents, eux, ils me voient avec rien de moins
qu'une maîtrise ou un doctorat entre les mains. Mais
est-ce si important? Ça ne correspond pas tout à fait à
mes préoccupations. Pas du tout, à vrai dire! Mais ils
ne veulent rien entendre.*

*Je dois pourtant continuer à espérer. Rachida me
soutient. Avec l'aide de sa famille et de ses amis, je
parviendrai sûrement à convaincre ma mère de
revenir sur sa décision. Elle n'a pas pu tout oublier,
tout renier, ce n'est pas possible.*

Marilyn cesse d'écrire. Elle range ses affaires et,
avant de se joindre à la famille dans la salle à
manger, elle remet son *hijab*. C'est sa manière à elle
de se donner du courage pour les affronter.

2

Depuis une semaine, Caroline reconduit Marie-Ève au terrain de jeux tous les matins puis s'installe dans un coin tranquille du parc avec les jumeaux. Josée, elle, refuse obstinément de passer pour un bébé et quitte toujours la maison quelques minutes avant sa sœur pour ne pas avoir à faire le chemin avec une gardienne. Son honneur de grande fille en dépend. Caro ne s'en plaint pas. Ça lui en fait une de moins à surveiller.

Mais aujourd'hui, après avoir embrassé Marie pour la dixième fois, Caro remonte la rue du Ruisseau jusqu'au boulevard des Églantiers. Rendue au coin, elle tourne en direction de la pharmacie située à un bloc de là.

Et c'est à ce moment qu'elle se rend compte dans quoi elle s'est embarquée. Elle n'aurait jamais cru que ce serait si compliqué. Ce n'est pas que les jumeaux soient difficiles. Non, l'un dort et l'autre mordille ses orteils en bavant généreusement. Mais essayez de passer dans une porte avec un landau double! À la maison, elle entre les enfants avant de plier la poussette, tandis qu'ici tout doit passer en même temps.

Elle se débat comme un chaton qui court après sa queue pour réussir à ouvrir les portes et s'y glisser sans rester coincée. Ruisselante de sueur, elle est sur le point d'abandonner lorsqu'une employée l'aperçoit et lui offre gentiment un coup de main.

— Merci, madame Pelletier ! Ce n'est pas facile à conduire, ces engins-là. Surtout que je suis trop jeune pour avoir un permis.

— Ils sont mignons, tes petits frères ! s'exclame la femme en se penchant sur les jumeaux, tout à fait réveillés, à présent. Ils ont quel âge ?

— Huit mois.

— Je comprends que tu ne sois pas venue souvent à la maison depuis le début de l'été. Ils doivent te tenir occupée. Si jamais tu as une chance de venir faire un tour…

— Dès que je pourrai. Vous saluerez Sonia pour moi.

La mère de Sonia reprend son travail pendant que Caro se rend directement au rayon des articles pour bébés. Elle cherche en vain les couches annoncées en solde dans la circulaire. Elle remarque un commis qui place différents produits sur les tablettes, mais elle hésite à l'aborder. Elle préférerait tourner les talons plutôt que d'être obligée de lui parler. Pourtant, si elle revient à la maison sans les couches, elle sera bien plus embêtée.

— Euh… Je m'excuse de te déranger…

Maxime se relève et la fixe sans émotion. Une vache regardant passer un train serait plus troublée que lui. « Un vrai cube de glace, songe Caro avec un pincement au cœur. Un iceberg. Icy pour les intimes, si jamais il en avait, des intimes.»

— Est-ce qu'il reste des couches, celles en vente, le modèle pour garçons?

Comme s'il venait tout juste de se rendre compte qu'elle est accompagnée de deux bébés, Maxime baisse les yeux sur eux. Puis, il jette un coup d'œil à l'autre bout de la rangée. Il dit enfin:

— Je vais vérifier en arrière.

Il la quitte sans un mot de plus. Caroline s'accroche aux poignées de la poussette pour ne pas s'enfuir. Elle se reproche d'être aussi sensible. N'a-t-elle pas fait une croix sur Maxime? Il ne veut rien savoir et elle serait bien folle d'essayer de le faire changer d'idée.

— Je t'en ai apporté deux boîtes. En veux-tu plus?

Perdue dans ses pensées, elle ne l'a pas entendu revenir et a tressailli au son de sa voix. Gênée d'avoir réagi ainsi, elle rougit, ce qui ne fait qu'augmenter sa confusion. Chaque fois qu'elle se sent aussi mal à l'aise, elle éprouve le besoin de parler.

— Non, ça va. C'est déjà un tour de force que de traîner ça avec les jumeaux. Si j'avais autant de bras qu'une pieuvre, j'en prendrais une caisse…

Elle rougit davantage. Pour un peu, elle se mordrait les lèvres. Pourquoi faut-il toujours qu'elle prononce des âneries devant lui? Une pieuvre! Une araignée, tant qu'à y être! Lui, il ne répond pas. Il a à peine hoché la tête avant de se remettre au travail.

«Il doit me prendre pour une belle imbécile, se blâme-t-elle mentalement en s'éclipsant. Même pas, juste une imbécile! Bon, puisque je suis de trop...»

Avec un sourire forcé, elle passe d'abord à la caisse et ensuite à l'épreuve des portes qui ne sont pas plus faciles à franchir en sortant. Si elle ne se retenait pas, elle lancerait un appel à l'aide. Seul l'orgueil lui interdit de crier de rage. Son sourire s'est définitivement figé en grimace.

«Maudites portes! rumine-t-elle pour elle-même, en sentant perler des gouttes de sueur sur son front. Comment elle s'y prend, ma mère? Je sais, elle laisse les jumeaux à la maison, tandis que moi, je suis obligée de les traîner. Merde!»

Plus elle s'énerve, plus elle reste bloquée entre les portes. Une âme charitable vient finalement à sa rescousse. Caroline se raidit pourtant lorsqu'elle reconnaît la voix de Max où perce une pointe de moquerie:

— C'est vrai que tu n'as rien d'une pieuvre. Il te manque une couple de bras.

Enfin libérée du piège des portes, Caro remercie du bout des lèvres et part aussi rapide-ment que lui permet son désir de garder une cer-taine dignité. Il n'y a que cela qui l'empêche de courir.

«Je l'haïs, je l'haïs, je l'haïs! Il l'a fait exprès, c'est certain! Il devait me surveiller, en dedans, et il a attendu que j'aie l'air d'une vraie conne pour venir m'aider. Là, il doit rire en me regardant me dandiner dans la descente des handicapés. Ouais, c'est tout un handicap, deux bébés! Je ne reviens plus jamais ici! Des plans pour qu'il pense que je lui cours après.

« La prochaine fois, j'irai ailleurs, même si je dois traverser la moitié de la ville pour acheter des couches. Je prendrai l'autobus, le métro, le train, l'avion… Pourquoi pas le bateau, niaiseuse? Bon, c'est fini les folies, Caro. On se calme, on relaxe…

« Ce n'est quand même pas parce qu'il a des super beaux yeux bruns que tu vas t'amouracher de lui. Voyons donc! Ça t'en prend un peu plus. C'est vrai qu'il a beaucoup grandi et qu'il te dépasse enfin. Ses cheveux bruns, légèrement frisés, propres et bien placés, ne sont pas mal non plus. Son air sérieux t'intrigue toujours autant. Et il sent bon! AAH! Caro, arrête!

« Il ne veut rien savoir de toi. Sinon, il te l'aurait déjà dit. Non, rien. C'est à peine s'il s'est rendu compte que tu existes. Tantôt, il t'a ouvert la porte comme il l'aurait fait pour n'importe quel client. À une petite vieille rabougrie, à un enfant trop petit pour atteindre la poignée, à un chien perdu ou à une Caroline coincée! Aucune différence pour lui. Donc, ça suffit. Change de tourtereau, tu n'es pas sa dulcinée. Et puis, c'est connu, les petits génies ont mieux à faire que de tomber amoureux. Tant pis pour toi!»

Le pas rageur, la bouche crispée, Caroline pousse ses frères jusque chez elle. Elle leur prépare une collation, leur chante des chansons, joue avec eux. Elle fait tout pour éviter de penser. À lui. Surtout à lui. Parce qu'il n'y a rien là. Il n'y a jamais rien eu. C'est pour cette raison qu'elle n'en a parlé à personne, même pas à sa meilleure amie, Sonia. Celle-ci se serait sûrement moquée d'elle.

Alors, Caro s'occupe en espérant ainsi oublier cette gaffe de son cœur. Car ce n'est pas elle, mais cette espèce de tic-tac humain qui s'est emballé sans sa permission. Il bat la mesure à une cadence détraquée chaque fois qu'elle s'approche de l'iceberg aux magnifiques yeux bruns. Cette image apporte un sourire sur les lèvres de Caroline, ainsi qu'une idée pour se défouler.

Elle emplit la baignoire d'eau chaude. Pas trop chaude, il ne faudrait pas que les petits se brûlent en y entrant. Elle leur donne des jouets flottants. Puis, elle ajoute la touche finale : des cubes de glace. Les garçons qui n'ont jamais pris leur bain avec ces menus objets froids et glissants s'amusent à essayer de les attraper et à les lancer dans l'eau. Au bout d'une dizaine de minutes, les murs et le miroir ruissellent de gouttelettes, le plancher est inondé et les jumeaux rient aux éclats. Caroline aura beaucoup de travail pour tout nettoyer, mais elle ne s'en plaint pas. L'horrible monstre des glaces a fondu. Elle a l'impression d'avoir exorcisé son chagrin, comme si Max était redevenu un adolescent ordinaire. Enfin, elle l'espère.

C

Marilyn trouve le temps long. Pour la première fois depuis le début des cours de tennis, Rachida ne l'a pas accompagnée. Pourquoi le ferait-elle, d'ailleurs ? Après tout, son frère à elle a dix ans et ne désire pas du tout être chaperonné. Tandis que Simon… il est trop petit pour qu'on le laisse sans surveillance. Ses parents n'ont-ils pas compris qu'il participe à une activité organisée et supervisée par un moniteur?

Ce qui inquiète monsieur et madame Chaker, c'est le trajet. Le pauvre enfant pourrait faire une mauvaise rencontre! Marilyn pense que ses parents exagèrent. Ils n'habitent pas un pays en pleine guerre civile, mais un quartier tranquille de Montréal. Son frère ne risque pas de se faire attaquer au beau milieu de la rue par un aussi bel avant-midi.

Il fait chaud. Les mois de juillet dans cette ville humide sont cruels. Marilyn se surprend à rêver d'une baignade. Mais l'idée de la partager avec des dizaines d'inconnus dans la piscine publique lui coupe automatiquement le goût. Comment pouvait-elle s'y résoudre par les années passées? Tout simplement parce qu'elle était trop ignorante à l'époque. Rachida lui a ouvert les yeux.

Sans son amie, elle n'aurait pas évolué, Marilyn le sait bien. Ce ne sont surtout pas ses parents qui l'auraient amenée à cette prise de conscience. Ils ont toujours été contre. Pas ouvertement. Néanmoins, la première fois que son père l'a vue porter son *hijab*, il est resté là, immobile, blême, muet. Rachida l'avait prévenue qu'il n'aimerait pas ça, qu'il ne pourrait pas comprendre parce qu'il est chrétien. Mais sa mère aurait dû l'approuver puisqu'elle est musulmane et qu'elle prétend en être fière. Alors pourquoi tant de réticences de sa part?

Peut-être tout simplement parce qu'ils ont entretenu une illusion autour de leur fille. Ils lui ont fait croire qu'elle avait le choix, jusqu'au jour où elle s'est effectivement prononcée en faveur d'une des deux religions. Chrétienne ou musulmane? Décide, mais ne fais pas trop de vagues, ne t'affiche pas trop, garde ça pour toi. Eh bien, non! Elle n'a pas envie de cacher sa préférence. Il ne s'agit pas d'une lubie passagère. Elle y croit profondément, avec ferveur et enthousiasme.

Elle se désole pourtant que cela suscite autant de réactions négatives. Comme celle, mémorable, provoquée par Stéphane à l'école! Avec lui, il n'y a vraiment pas moyen de passer inaperçue. C'est à croire qu'il a un don pour le *show-business* et pour tout tourner à son avantage. Depuis le temps qu'elle le connaît, elle aurait dû s'en douter qu'il profiterait de l'occasion pour ameuter tout le monde et, surtout, pour déformer le sens de son geste.

Bien décidée à ne plus jamais lui faire confiance, elle fixe le jeune moniteur. Il déborde d'énergie. Malgré la chaleur écrasante, il travaille sans relâche, ne ménageant pas ses efforts pour apporter aide et conseils à ses élèves. Il se promène entre les petits groupes; replace les raquettes dans la bonne position; esquisse les coups droits et les revers pour montrer le meilleur mouvement; lance les balles à des débutants qui ne parviennent que rarement à les lui retourner. Cependant, il n'a jamais l'air démotivé. Il sourit à tout son monde. Il les encourage à persévérer par un bon mot ou une blague.

Marilyn en vient à se demander comment il a pu se montrer aussi odieux avec elle et Rachida en le voyant agir avec tant de gentillesse en ce moment. Une fillette, une Asiatique reconnaissable à ses yeux bridés et à ses cheveux noirs, est tombée en courant et pleurniche en se tenant le genou. Elle n'a probablement qu'une minuscule écorchure que son cœur d'enfant transforme en blessure grave. Pour la consoler, Stéphane la prend dans ses bras et, tenant avec elle sa raquette, il mime une partie de tennis mouvementée.

L'adolescente soupire. Ce n'est qu'un jeu, un jeu stupide qui ne peut se comparer à des concepts plus importants. Tant qu'il ne s'occupe que d'enfantillages, Stéphane est parfait, mais lorsque ça devient sérieux, il ne fait que des conneries. D'ailleurs, Marilyn est convaincue qu'il ne comprend rien aux préoccupations mystiques.

Aussi est-elle sur ses gardes lorsqu'il vient vers elle à la fin du cours. Le teint bronzé, vêtu d'un bermuda kaki et d'un chandail jaune pâle, Stéphane est très à l'aise sur « son » terrain de tennis. Il l'aborde sans aucune gêne.

— Salut, Marilyn ! Simon fait beaucoup de progrès. Tellement que je l'ai inscrit au tournoi de Wimbledon. Il va faire un malheur contre Rafael Nadal.

C'est exactement le genre de propos dont elle a horreur. Pour se débarrasser de lui, elle feint de l'ignorer. Malheureusement pour elle, quand Stéphane a une idée, il sait se montrer têtu. Il reprend avec un sourire en coin :

— Rachida n'est pas avec toi?

— Non, je peux sortir toute seule.

Le ton de Marilyn est sec comme si on l'avait insultée. Stéphane, lui, garde une voix enjouée.

— Tant mieux pour toi! Ça te permet de prendre une pause et de respirer autre chose que les effluves de la sainteté.

— Je respire ce que je veux et avec qui je veux!

— C'est ton droit. Mais tu n'as pas chaud avec ta jupe aux mollets, tes manches longues et ton foulard? On crève, aujourd'hui!

— Tu sauras qu'on appelle ça de la décence!

— La décence, c'est une question de mœurs. Ça va selon les coutumes des peuples.

— Justement!

— Mais tu as toujours vécu au Québec! Réveille-toi! Ici, il n'y a personne qui va t'accuser d'indécence parce que tu montres tes cheveux ou tes genoux.

— Tu ne comprends pas! Tu ne peux pas comprendre!

— En effet, ça me dépasse que tu aies changé aussi radicalement. Je ne te reconnais plus. Je t'aimais mieux comme tu étais avant.

Marilyn est déboussolée par cette dernière phrase. Qu'est-ce qu'il veut dire?

— Si tu es là juste pour m'achaler, laisse donc faire et fous-moi la paix!

— Bon, d'accord! Je cesse de t'embêter. Je voulais seulement donner ça à Rachida. Elle l'a perdu ici, hier. C'était par terre, en dessous du banc. Un enfant l'a trouvé et me l'a remis. Je te fais confiance, je suis sûr que ça va se rendre jusqu'à elle.

Marilyn attrape au vol un porte-monnaie que lui lance Stéphane. Il lui tourne déjà le dos et s'éloigne en direction des quelques jeunes qui flânent encore près du filet. Pour qu'il n'ait pas le plaisir d'avoir eu le dernier mot, elle s'écrie :

— Je ne vois pas en quoi mon changement te dérange. Tu ne m'as jamais aimée, de toute manière !

Stéphane s'immobilise, réfléchit un instant et répond sans la regarder :

— Mais je ne t'ai jamais détestée, non plus !

Il avance de nouveau en lançant d'une voix forte :

— OK, les jeunes, c'est l'heure ! Il faut libérer le terrain pour les prochains joueurs.

Marilyn rejoint son frère qui l'attend à côté de la sortie du terrain. Le gamin a les joues rouges d'avoir tant couru.

Celles de sa sœur ont la même teinte, mais pour une tout autre raison.

3

On a beau être en été, il en faut au moins une dans le genre. Une journée mouillée, dégoulinante! Ça n'a rien pour faire baisser le taux d'humidité. Et la chaleur est toujours aussi intolérable. Caroline passe son temps à fermer et à ouvrir les fenêtres. D'abord pour éviter l'inondation et aussitôt après pour rafraîchir la maison. C'est un combat perdu d'avance quand on ne possède pas de climatiseur.

Découragée, elle tourne en rond, elle n'a envie de rien. Surtout pas de sa peinture! Le ciel gris ne l'inspire pas. Malgré la pluie, Marie-Ève et Josée sont parties au parc. Il paraît qu'il y a un endroit où elles peuvent jouer à l'intérieur. Et les jumeaux, plus bougons aujourd'hui, dorment enfin.

Alors, pour chasser l'ennui, elle s'empare du téléphone. Il y a sûrement quelqu'un qui s'embête autant qu'elle et qui débordera de joie à l'idée de jacasser. Ses trois premiers appels sont infructueux. Sophie travaille au dépanneur, ce matin; Karine est partie à son cours de natation; Annie dort encore (il n'est que 10 h 20).

— Ouais, la journée va être longue, marmonne-t-elle en soupirant.

Elle bondit vers le téléphone en l'entendant sonner, mais attend tout de même quelques secondes avant de décrocher, juste pour faire durer le plaisir. Enfin, quelqu'un pense à elle! Une personne, tout aussi délaissée qu'elle, cherche désespérément une âme sœur pour se confier, une amie avec qui partager sa solitude! Elle sourit en songeant qu'elle n'a pas du tout envie de partager la solitude de qui que ce soit, endurer la sienne lui suffit amplement. Elle répond avec précipitation à la troisième sonnerie. S'il fallait que la personne au bout du fil raccroche, elle perdrait son futur interlocuteur.

— Salut! Ça t'en prend du temps pour répondre!

— Sonia! Tu ne travailles pas?

— Non.

— Es-tu malade?

— Pas du tout, mais si ça continue, je sens que ça ne tardera pas.

— Vas-y, ma cocotte! Confie-toi à ma tante Caro. Tu sais qu'on peut tout me dire, sauf des bêtises. Je déteste en manger.

— Moi aussi, mais j'ai l'impression qu'on m'en prépare un bol.

— Oh! C'est grave. Ça ne vient pas de ta mère? Ce n'est pas son genre de t'engueuler.

— Avec elle, ça va.

— Alors, c'est avec Ben! Ça ne marche plus entre vous deux?

— On s'aime plus que jamais, ce n'est pas là le problème.

— As-tu fini de me faire languir ? Qu'est-ce qui ne marche pas ?

— C'est son père. Il est insupportable.

— Et tu viens seulement de le découvrir ? Depuis le temps que Ben se plaint qu'il ne peut jamais rien faire, que son père est toujours sur son dos et patati et patata, tu devrais être au courant !

— Tant qu'il ne s'en prenait pas à moi, ça ne me dérangeait pas !

— Égoïste, va !

— Traite-moi donc de sans-cœur pendant que tu y es !

— OK. Sans-cœur ! Maintenant raconte, qu'est-ce qu'il t'a fait ?

— Je ne suis pas certaine que tu mérites que je te dise tout ! Tu m'insultes, tu ris de moi…

— Je ne le ferai plus, c'est promis ! Regarde, je suis à genoux, je baise le sol sur lequel tu as marché et j'ouvre grandes mes oreilles.

— Tu n'en mets pas un peu trop ? Ça ne me paraît pas tellement sincère. J'ai encore des doutes sur tes regrets.

— Sonia ! Si tu ne me le dis pas tout de suite, je te raccroche au nez ! Vas-y, PARLE, avant que je pogne les nerfs !

— Non, il manque le petit mot magique.

— S'il vous plaît ! Mais tu vas me payer ça, un jour.

— Capital et intérêts, promis ! Bon, tiens-toi bien : je ne travaille plus à la quincaillerie.

— Quoi ! Monsieur Ladouceur t'a mise à la porte !

— Exactement! D'après lui, il n'y a pas assez de clients. Avec la récession qui se pointe le nez, les ventes baissent. Conclusion : ils n'ont pas besoin de moi à la quincaillerie. Ben et son père suffisent à la tâche.

— Je pensais que monsieur Ladouceur ne travaillait plus depuis son… accident.

— Être en fauteuil roulant ne l'empêche pas de s'occuper de son commerce. Surtout qu'ils ont aménagé la quincaillerie autrement. Il peut se promener entre les rayons sans rien accrocher. La caisse a été placée à sa hauteur. Et c'est à lui, le magasin. Il est trop jeune pour prendre sa retraite. Et puis… je crois que c'est l'incident «Pierre-Luc» qui a signé ma mise à la porte.

— Pierre-Luc! répète Caroline, incrédule.

Qu'est-ce que ce garçon peut bien avoir à faire dans cette histoire? C'est un bon copain avec qui tout le monde s'entend bien, un peu zélé dans son genre, mais sympathique. Caroline ne voit pas le rapport entre Pierre-Luc et monsieur Ladouceur.

— C'est arrivé il y a deux jours. Ben vérifiait la marchandise dans l'entrepôt, son père était parti à un rendez-vous en physiothérapie et moi j'étais au comptoir derrière la caisse. Pierre-Luc s'est pointé. Tu sais comment il est? Une pile de tracts dans les mains, il s'est avancé vers moi, tout souriant. De sa voix polie et enthousiaste, il m'a demandé s'il pouvait coller un ou deux de ses papiers dans la vitrine.

— Et je parie que ses petites affiches parlaient de sa toquade préférée : l'écologie! Dans le style :

Sauvons la planète! Vive l'énergie verte! Et tout le tralala…

— Oui, bon, je sais que ça n'emballe pas tout le monde, mais c'est important. Le réchauffement de la planète… il faut agir avant qu'il ne soit trop tard. Chaque jour, de nouvelles espèces animales sont en voie d'extinction et…

— Ça va, ça va! l'interrompt Caroline. J'ai compris. Pierre-Luc prêchait dans un terrain déjà conquis. En résumé, tu as accepté et tu as posé les affiches.

— Et, à son retour, monsieur Ladouceur n'a pas apprécié, confirme Sonia sur un ton piteux. Il m'a reproché de prendre des initiatives dans son dos. Il m'a dit que j'aurais dû le consulter. Que ce n'était pas ma quincaillerie, mais la sienne…

— Oui, je vois un peu la réaction qu'il a pu avoir. Qu'est-ce qu'il pense de ça, Ben?

— Ça le gêne. Doublement! *Primo*, parce que les affiches de Pierre-Luc ne le dérangent pas. Après tout, les vitrines de magasin servent un peu à ça, faire de la publicité. Ça attire le regard du client potentiel. *Secundo*, il est mal à l'aise parce qu'il m'avait promis un travail à temps plein pour l'été. Je lui ai dit de ne pas s'énerver avec ça. Je me contenterai bien de ce que j'ai eu jusqu'à présent. Ce n'est pas la fin du monde. De toute manière, il est un peu tard pour trouver autre chose ailleurs.

— Tu as bien raison. Les emplois d'été pour étudiants sont déjà tous pris. Et il n'y en avait pas tant que ça au départ. Mais son père ne t'a rien dit de bête, au moins?

— Non, d'après lui, je travaille bien, ou plutôt «pas si mal», selon ses propres termes. Mis à part les fameuses affiches, il ne s'est jamais plaint de moi, mais je sens que je l'énervais. Moi, je ne fais pas la différence entre des vis à toiture ou à boîte électrique; des fils 14 ou des fils 12… Et je n'ai pas envie de le savoir. Ça ne m'intéresse même pas. Ben ne comprend pas ça. Son père, non plus. Qu'un être humain normalement constitué puisse montrer la plus grande indifférence à une quincaillerie, ça les dépasse! Mais j'ai une excuse valable: je suis juste une fille…

— Oh! Ça sonne un peu macho, non?

— Tout à fait! Le pire, c'est qu'ils n'ont pas tort. La clientèle féminine est rare, sauf pour le secteur décoration, peinture et tapisserie. Je pense que les femmes préfèrent laisser leur mari s'occuper des réparations, de la plomberie et de l'électricité. Mais ça, c'était encore endurable. Ce qui me tombait sur les nerfs, c'était la surveillance. Son père ne nous laissait jamais deux secondes tout seuls, sauf exceptionnellement pour ses rendez-vous de réadaptation. Des fois que… On aurait dit qu'il s'imaginait que Ben allait me sauter dessus en plein magasin. Si on avait le malheur de se sourire ou de se dire un mot gentil, il nous faisait des gros yeux. La quincaillerie, ce n'est pas un endroit pour se courtiser.

— Quoi, tu ne trouves pas ça romantique? Allongés derrière un deux par quatre en pin noueux, les pieds dans les petits clous à finition et la tête dans la laine isolante, nos amoureux étaient seuls au monde. Leur baiser aussi brûlant qu'une torche, euh… mit le feu aux poudres…

— Très drôle! Tu rirais moins si tu étais à ma place.

— Veux-tu la mienne? Attends que je te raconte ma palpitante journée. D'abord, levée des garçons qui m'offrent un magnifique cadeau dans leur couche.

— Oh! Caro!

— Ensuite pour mettre un peu d'exotisme: création culinaire! J'ai préparé une délicieuse purée de petits pois verts qu'ils se font un plaisir de me «pitcher» à la figure lors du repas. Le tout rehaussé d'une compote de fruits, non sucrée. Pour te divertir, que dirais-tu de jouer à qui gagnera le lapin en peluche pendant que l'autre braillera à tue-tête? Ils ont même découvert un nouveau jeu: se battre! Les combats extrêmes, c'est de la petite bière à côté de mes frères. Alors, on change de place?

— Sais-tu… tout bien réfléchi, je vais passer mon tour! Je préfère rester près de mon chum. Ce serait trop risqué de le laisser seul avec toi.

— Pas du tout! Ton Ben, je n'en ai pas besoin. Je suis vieille fille pour l'éternité.

— Tu n'as trouvé personne pour remplacer le fameux Stéphane? Ça fait pourtant un bon bout de temps que tu ne sors plus avec lui.

— Penses-tu sérieusement qu'une fille peut pincer avec deux bébés?

— Le soir, tu ne les as pas.

— Le soir, je suis épuisée! Et toi, maintenant que tu es sans travail, tu auras encore plus d'énergie pour bécoter ton cher Ben.

— Oui, oui. Même que… Tu vas garder ça pour toi, hein?… Entre lui et moi, ça devient de plus en plus sérieux. C'est ce qui embête son père. Je pense qu'il a deviné que… enfin… Ben et moi, on…

— Non! Vous l'avez fait?

— Pas encore, mais ça se prépare…

— Est-ce que c'est si long que ça à… se préparer?

— Bien… non, mais je me sens toute bizarre rien qu'à y penser…, inquiète. Ben, lui, il est prêt depuis longtemps. Faut comprendre, c'est ma première fois. Toi, c'était comment la première fois?

— Sonia, tu sais bien que je ne me suis pas rendue jusque-là avec Stéphane.

— Hé! C'est quoi, les hurlements que j'entends?

— Mes frères. Ils sont réveillés. Il y a des jours où j'ai l'impression de vivre dans une maison de torture. Rappelle-moi. Mieux, viens faire un tour!

— D'accord! Dis, tu es toujours partante pour le spectacle des Exactos, samedi soir? J'ai proposé à Pierre-Luc de sortir avec nous.

— Parfait, plus on est de fous, plus on rit! Bye.

Caroline demeure songeuse un instant. Sa meilleure amie va passer à l'acte et faire une application pratique des cours de sexologie avec Benoît. Vu sous cet angle, ça semble terriblement ennuyant.

36

Simon n'est pas allé au cours de tennis. Sa mère trouvait qu'il pleuvait trop et que le garçon ne se déplacerait jusque-là que pour perdre son temps. Pour Marilyn, cela représente une vraie aubaine : un avant-midi de liberté ! Que Rachida s'est empressée de planifier. Dans quelques minutes, elle viendra la chercher. Avec sa famille, elle veut emmener son amie à la mosquée. Évidemment, la mère de Marilyn a été invitée à se joindre à eux.

— Pourquoi tu ne viens pas avec nous ? insiste Marilyn. Il y a tellement longtemps que tu n'as pas prié à la mosquée.

— Je peux très bien le faire ici.

— Ce n'est pas la même chose. Et ce serait excellent pour Simon de l'initier un peu plus à l'islam.

— J'en doute. Je préfère qu'il reste avec moi.

— Dis plutôt que papa préfère qu'il ignore tout de ta foi.

Madame Chaker, qui plie du linge sur la table de la cuisine, se tourne vers sa fille, les sourcils froncés.

— Laisse ton père en dehors de ça ! Quand tu essaies de me monter contre lui, ça me fait horreur. Tu devrais avoir honte. Une honnête fille doit respecter ses parents, aussi bien son père que sa mère.

— Comment pourrais-je avoir du respect pour lui quand il ne respecte pas mon choix?

— Tu te trompes, il l'accepte! Comme il m'a toujours acceptée telle que je suis, sans jamais tenter de me changer. Ce qu'il n'approuve pas, et moi non plus, c'est la manière provocante avec laquelle tu t'affiches.

— Mais tu as changé!

— Qu'en sais-tu?

— Il nous a fait quitter ta famille et abandonner notre pays pour s'installer ici, loin de chez nous.

La femme soupire avec un mouvement de bras qui montre à quel point elle trouve cet argument futile.

— Tu avais à peine six mois quand nous sommes partis. Tu ne sais pas du tout comment on vivait là-bas. Crois-moi, tu ne manques rien. Et ton père est algérien tout comme moi. Sa famille aussi, nous l'avons quittée.

Marilyn ignore volontairement la réponse de sa mère et poursuit la liste de ses récriminations.

— Ici, tu t'habilles toujours à l'occidentale.

— Ce n'est pas nouveau. Il y a longtemps que je déteste porter le voile. D'ailleurs, le rock'n'roll existait dans ma jeunesse. On écoutait U2, les Rolling Stones, Michael Jackson, et ça me plaisait bien. Mais contrairement à aujourd'hui, on n'avait pas à se cacher à l'époque. On pouvait exprimer nos goûts sans craindre des représailles.

— Quoi?

— J'ai été adolescente moi aussi. Figure-toi que vous n'en avez pas l'exclusivité. Et j'avais des rêves. Comme voyager, découvrir le monde, avoir une profession, aller à l'université. Sortir de mon trou, en somme! Toi, à quoi rêves-tu? À retourner cent ans en arrière? À régresser avec le sourire?

— Je rêve de te redonner la foi!

— Je l'ai. Seulement, je l'applique à ma façon. Avec modestie. Ne l'oublie pas, petite, l'islam prône l'humilité en tout. De te pavaner comme tu le fais n'a rien de modeste. Je te ferai remarquer que la majorité des musulmans qui vivent ici s'organisent pour ne choquer personne. Parce qu'ils cherchent l'harmonie. As-tu oublié ce que signifie l'islam?

Des coups de klaxon évitent à la jeune fille de répondre. Elle se dirige rapidement vers l'entrée. Sa mère reste dans la cuisine, mais hausse le ton pour être bien entendue:

— C'est la paix, Marilyn. Tu peux le rappeler à tes amis.

L'adolescente est déjà dehors. Sous la pluie battante, elle court vers la voiture. Par la portière ouverte, elle aperçoit Rachida, qui lui fait des signes de la main, assise entre deux femmes qui portent le voile. Elles se pressent les unes contre les autres pour faire de la place à la nouvelle venue. Deux hommes, plutôt jeunes, occupent le siège avant. Ce sont les frères de Rachida qui accompagnent les femmes à la mosquée.

Madame Chaker, de la fenêtre du salon, regarde la voiture s'éloigner. Le cœur gros, elle revient dans la cuisine et reprend son travail. Elle voudrait tant convaincre sa fille de se méfier. Elle a pourtant essayé de lui expliquer dans quoi elle risque de s'embarquer. Le fossé est étroit entre la bonne volonté et le fanatisme. Malheureusement, pour que l'enseignement soit valable, il faudra peut-être qu'elle s'en rende compte par elle-même.

4

Ce n'est pas dans les habitudes de Maxime, mais, ce soir, il sort. Il ne sait pas encore ce qu'il fera ni où il ira. Ça n'a pas vraiment d'importance. Il fait terriblement chaud, trop pour rester enfermé. Il espère naïvement qu'à l'extérieur ce sera plus respirable. De plus, il ressent le besoin de se changer les idées.

En jeans et en tee-shirt, les mains dans les poches, il arpente au hasard les rues du Faubourg. Orphelin depuis cinq mois déjà, il commence à peine à s'habituer à sa famille d'accueil. François et Denise s'avèrent moins pénibles à supporter qu'il ne l'avait d'abord cru. Ce n'est pas le paradis, mais ça s'endure.

Au moins, il n'est pas maltraité, ça le change de la relation pourrie qu'il subissait avec son père. Celui-là, il n'est pas près de l'oublier. Ni de lui pardonner.

«Dans un taudis! Il nous faisait vivre dans un trou, l'espèce d'ordure! rumine-t-il, en colère comme chaque fois qu'il pense à lui. On n'était rien pour lui. Il s'en fichait complètement, de nos problèmes. Il aurait dû mourir avant. On aurait été débarrassés plus vite.»

Maxime baisse la tête. Pour éviter le regard des gens qu'il croise. Pour cacher ses pensées haineuses. Même s'il se dit qu'elles sont amplement justifiées, elles le gênent. Il voudrait tant faire une croix sur son passé et repartir à zéro. Malheureusement, on ne change pas de parents ainsi. Son esprit logique lui fait remarquer que, s'il recommençait sa vie, il devrait affronter les mêmes difficultés. Sa mère mourrait du lupus, son père se droguerait autant et, lui, il serait encore le seul à s'occuper de sa sœur. Jusqu'à ce que son père crève.

On ne refait pas l'histoire. Il le comprend enfin. C'est pour cette raison qu'il a mis en veilleuse ses recherches sur sa machine à voyager dans le temps. Sa dernière et unique expérience l'a presque tué. Le côté dangereux de ses travaux ne l'effraie pas, néanmoins il juge préférable de ne pas persévérer dans cette voie. Du moins, pas pour l'instant. Ça ne l'intéresse plus autant. Il ne désire plus partir à tout prix, comme c'était le cas au printemps. Et il lui manque trop de données. Heureusement, ses tuteurs envisagent de l'aider à poursuivre ses études. François y tient mordicus. D'après lui, si Max ne se rendait pas jusqu'à l'université, ce serait du gaspillage de talent.

François, il n'est pas si mal, après tout. Il fait un grand frère très potable. Jusqu'à présent, l'entente passée avec lui a été respectée. Il n'est plus question qu'il cherche à combler son besoin d'avoir un fils. Maxime n'a jamais voulu marcher dans cette combine. Un père, il en a eu assez d'un. Il rejette l'idée de remettre ça avec un deuxième. Ses tuteurs n'ont pas à se plaindre. Ils ont Marie-Ève. Elle adore les appeler papa et maman, ce qui lui a valu de devenir rapidement leur petite fille chérie.

Sans l'avoir cherché, ses pas ont conduit Maxime au parc de la rue Herriman, en bordure du croissant St-Rock. C'est un grand espace vert tout en longueur agrémenté d'une scène abondamment utilisée durant la saison estivale. De loin, Maxime voit les spots allumés pour des tests. Tantôt, ce sont les rouges, immobiles, puis les verts qui balaient la foule réunie au pied de l'estrade. En même temps, des essais sonores perturbent l'environnement.

Comment avait-il pu l'oublier ? Pourtant, les vitrines des magasins, dont la pharmacie Fortin, sont placardées depuis deux semaines d'affiches annonçant le spectacle des «Exactos», un nouveau groupe rock au style tranchant, selon la publicité. À vrai dire, Maxime n'y a pas pensé parce que ça ne l'attire pas. La musique ne suscite pas de réelles émotions chez lui. Il peut très bien s'en passer. Poussé par la curiosité, il continue pourtant à avancer vers le lieu du spectacle.

Le soleil, caché derrière les maisons, n'éclaire plus directement, mais répand encore une lumière blafarde, pâlissant de minute en minute, qui altère les couleurs, les rendant ternes et presque méconnaissables. En traversant un boisé, Maxime a l'impression de se glisser entre des ombres fantomatiques. Cette comparaison le fait sourire, ce qui ne lui arrive pas souvent. Plus détendu, ses sombres réflexions mises de côté, il approche d'une fontaine plantée au centre de la pelouse. Le muret de ciment qui entoure l'eau est entièrement occupé par des jeunes qui essaient de se rafraîchir en s'éclaboussant. Les filles crient, les garçons rigolent.

Maxime ralentit sa marche. Il hésite à se mêler à eux. Il en a reconnu quelques-uns, des camarades de classe. Cependant, il a saisi des regards qui se détournent vivement de lui. Des jeunes s'écartent, pris d'un malaise soudain, s'éloignent pour ne pas être obligés de le saluer ou de bavarder avec lui. Les bruyantes conversations se doublent de chuchotements. Un adolescent, moins vif d'esprit ou dur d'oreille, demande à voix haute :

— Hein ! Qu'est-ce que tu dis ? De quoi tu parles ?

La réponse, irritée, fuse sans ménagement :

— C'est lui ! Le gars qui a voulu se suicider au mois de mai.

— Oh, oui ! Le bollé qui a manqué une semaine d'école…

— Chut !

— Ça ne l'a même pas empêché de finir premier en pétant des scores. Mais, il n'est pas foutu de se tuer comme il faut.

— Ferme-la ! Chut !

Maxime jette des coups d'œil au loin et change de direction, comme s'il cherchait quelqu'un. Tout pour ne pas montrer qu'il a entendu et qu'il est touché en plein cœur. Il s'efforce de marcher calmement, normalement, mais il bouillonne en dedans.

« Les débiles, les pauvres cons ! De quoi se mêlent-ils ? Et puis, ils ne comprennent rien. C'est à croire que j'ai la peste et que je porte une pancarte autour du cou avec l'inscription : "Attention, contagieux!" N'ayez pas peur, vous ne risquez pas de l'attraper. Si seulement ça avait été un vrai suicide, je comprendrais… Au fond, pourquoi je me plains? J'ai ce que je voulais. J'espérais que mon expérience ratée passe pour un suicide, eh bien, je suis servi. Tant pis si ça les repousse. Pas tant que ça finalement, vu que personne n'a jamais été près de moi. Personne. Où est la différence avec avant? Je passais inaperçu. Une goutte d'eau dans la mer. Une tuile sur un plancher. Un rien, quoi! Maintenant, je suis un rien qui dégoûte! Je l'ai vu dans leur face, surtout chez les filles, je les écœure… »

Maxime accélère, mais il ne court pas. Ses talons frappent durement l'herbe. Il est en colère. Contre lui-même. Il s'en veut de contrôler aussi mal ses émotions. Que lui importe après tout l'opinion des autres? Il a toujours su s'en passer. Il puise sa fierté dans la conséquence de son isolement. Il y a longtemps qu'il a appris à se débrouiller seul. Et il ne tient pas vraiment à ce que ça change. L'indépendance n'a pas de prix.

Des cris, des sifflements et des applaudissements font sursauter Maxime. Là-bas, sur la scène, les chanteurs sont apparus. Leurs premiers accords sont enterrés par les acclamations de leurs admirateurs. Les retardataires, encore éparpillés sur le terrain, se hâtent de rejoindre la foule pour s'y mêler.

Au lieu de les imiter, Max ralentit. Cette masse compacte de jeunes qui suivent le rythme en frappant des mains ou en dansant l'intimide. Autant à l'école, il évite les rassemblements parce qu'il s'y sent perdu et étouffé, autant en ce moment, il ne désire que poursuivre son chemin, s'éloigner de ce centre d'attraction cacophonique. Il se tourne vers la rue Herriman bien décidé à rentrer chez lui.

Au bout de quelques mètres, il s'immobilise complètement. Une voiture s'est garée dans le stationnement public sous la lumière d'un réverbère. Ben en sort le premier. Maxime a les yeux braqués sur lui. Il essuie ses mains humides sur ses jeans. S'il continue dans cette direction, il ne pourra pas l'éviter. Les explications qui risqueraient de découler de cette rencontre inquiètent l'adolescent. Leur dernière conversation remonte à plusieurs mois et si ça n'avait pas tourné au vinaigre, c'est parce qu'à l'époque Ben ignorait la vérité. Max ne peut pas croire qu'aujourd'hui il n'est pas au courant.

Max recule, revient en arrière et se cache derrière un bosquet. Avec un peu de chance, Ben ne le verra pas. De la voiture, trois autres passagers ont surgi, excités et turbulents. Max les reconnaît : Sonia, la petite amie de Ben, Caroline et Pierre-Luc, qui écrit parfois des articles à connotation écologique dans le journal de l'école. Comme il l'avait prévu, tout le groupe passe à moins de dix pas de lui sans le remarquer. Ils sont trop préoccupés par le spectacle dont ils ont manqué le début.

Le regard rivé sur les adolescents, Max soupire de soulagement. Il attend qu'ils soient suffisamment distancés de lui pour se relever. Il n'a plus rien à faire ici, il ne lui reste plus qu'à quitter tranquillement le parc. Alors, pourquoi ne se dirige-t-il pas vers la rue Herriman? Pourquoi s'attarde-t-il sur le gazon? Pourquoi hésite-t-il à partir? Il va même jusqu'à avancer de quelques pas vers la scène. Il tente de se placer pour mieux voir. Pour obtenir, en cachette, ne serait-ce qu'un instant, une vision lointaine.

Debout, les bras ballants, le cou étiré, au milieu de la pelouse, loin derrière les spectateurs, il n'accorde aucune attention aux Exactos. Derrière ses lunettes, il plisse ses yeux myopes et se concentre sur un point précis, mobile, qui apparaît et disparaît entre les têtes. Parmi toutes ces chevelures disparates, il reconnaît celle de Caro. Elle tressaille et ondule au rythme de la musique.

Longtemps, il demeure sans bouger, suspendu à un fil imaginaire qui le relie à l'adolescente. Il l'observe à volonté, protégé par la distance. Elle ignore totalement qu'elle fait l'objet d'une surveillance aussi attentive. Elle s'amuse, danse, rit de bon cœur et partage ses impressions avec ses voisins. Il devine presque le sens de ses paroles. Elle paraît si heureuse que Max en éprouve une vague douleur.

Le plaisir qu'il ressentait d'abord en la dévorant des yeux se transforme cruellement en amertume. L'envie le ronge. L'envie de la rejoindre, de se tenir près d'elle. L'envie, moins honorable, qui s'apparente à la convoitise, de faire le vide autour de cette fille et de la garder pour lui seul. Finalement, l'envie tout court, la jalousie. Jaloux de Pierre-Luc qui se tient près d'elle. Oui, mais surtout, il devient jaloux de sa joie. Pourquoi elle, continuellement souriante et ricaneuse, est-elle si heureuse et pourquoi lui n'hérite-t-il que du malheur? La bonne fortune voyage à sens unique, toujours pour les mêmes!

Maxime se secoue. Qu'est-ce qu'il fait là, l'idiot, planté dans l'herbe mouillée par le serein? À quoi perd-il encore son temps? Il n'aime pas la musique et les foules hystériques l'horripilent. Et puis, qu'est-ce qu'il s'imagine? Que Caroline, en l'apercevant, viendra vers lui pour bavarder, qu'elle lui sourira gentiment? Pour sourire, ça, il n'a aucun doute, elle rira même en se moquant. Et elle aura bien raison. Il a l'air tout à fait ridicule. D'ailleurs, elle ne peut pas l'apercevoir, elle ne porte pas ses lunettes. Maxime a déjà remarqué que, par coquetterie, elle évite souvent de les porter.

Il est vrai qu'elle a de si jolis yeux verts qu'il est vraiment dommage de les cacher sous des verres. Des yeux de chat, c'est ce qu'il a pensé la première fois qu'il les a vus de près. C'était quand elle était venue lui rendre visite, de sa propre initiative, à l'hôpital après son faux suicide manqué. À part ses tuteurs, elle est la seule personne qui se soit déplacée pour lui. Mais c'était pour se payer sa tête en la dessinant! Cette fille railleuse, spécialiste de l'ironie à bon marché, était venue faire son portrait à l'hôpital! Quelle idée stupide!

Maxime hausse les épaules et pivote sur ses talons. Il n'a plus rien à fabriquer ici. Il est temps de rentrer. L'obscurité envahit maintenant complètement le parc, surtout la partie boisée. Mais étant donné que c'est par là qu'il est venu, il emprunte le même chemin pour le retour sans se poser de questions.

Il ne voit qu'au dernier moment l'homme négligemment appuyé contre un arbre. Dans le noir, il ne saurait dire s'il est jeune ou âgé. L'espace d'un instant, il songe à changer de route, mais rejette aussitôt l'idée. De quoi aurait-il l'air ? De quelqu'un qui fuit, qui se sauve ? Et de quoi ?

L'homme, malgré la pénombre, semble l'examiner, le détailler, le soupeser. Maxime détourne les yeux, mal à l'aise, et passe près de lui en se hâtant. L'homme le suit du regard, puis quitte son arbre et lui emboîte le pas. Maxime l'entend marcher derrière lui. Il refuse de paniquer, mais commence à s'inquiéter.

— Hé ! le jeune ! La musique t'ennuie ?

La voix n'est pas très vieille. Il est probablement dans la vingtaine. Maxime ne répond pas. Ça ne concerne pas cet étranger, ce qui peut l'ennuyer ou non. L'homme ricane un peu dans son dos.

— Timide, à ce que je vois !

Maxime serre les dents. Mais qu'est-ce qu'il lui veut, le fatigant ? La question est superflue, Max a sa petite idée là-dessus. Idée qu'il chasse pourtant.

— Ne te sauve pas ! Attends-moi, on va bavarder. Tu as l'air d'un gars intéressant.

« Ça y est, il veut me voler », songe Max en se retournant brusquement.

— Je n'ai pas une cenne, OK. Si tu veux de l'argent, va voir ailleurs.

Quand l'adolescent lui a fait face, l'homme s'est arrêté de marcher, comme s'il ne voulait pas l'effrayer. Il lui répond sur un ton aimable, engageant.

— N'aie pas peur, je ne cours pas après ton argent. Je n'en ai pas besoin. Mais si toi, ça t'arrangeait mieux, je serais prêt à te payer.

— Qu... quoi! bafouille faiblement Max.

— C'est toi qui m'attires.

Maxime avale difficilement sa salive. Il le prend pour qui, ce...

— Tu n'as pas envie d'être avec les autres, hein? Je l'ai vu, tu te tenais loin du spectacle. Tu n'as aucun atome crochu avec les jeunes qui hurlent en bas de l'estrade. Dans ce cas-là, qu'est-ce que tu dirais de passer un peu de bon temps avec moi? Histoire de te désennuyer, de ne pas te sentir tout seul. On pourrait... se détendre ensemble. S'occuper, toi et moi. S'occuper de toi et de moi.

Maxime n'en croit pas ses oreilles. Figé sur place, il est assommé par ce qu'il entend. C'est une proposition en règle qu'on est en train de lui faire. Une proposition doublement insultante. En plus de le confondre avec un homosexuel, on lui offre de l'argent pour satisfaire des désirs qui le rebutent, l'écœurent.

Tout en parlant, l'homme s'est approché. Il pose sa main sur l'épaule de l'adolescent, la caressant doucement, glissant ses doigts jusqu'à sa nuque sous ses cheveux. Max, qui était paralysé par ses paroles, réagit enfin en se sentant touché, palpé avec autant d'insistance. Il repousse le bras de l'homme ainsi que son offre.

— Tu te trompes de personne. Ça ne m'intéresse pas, tes petits jeux. J'haïs me faire tripoter. Fous-moi la paix!

— Vraiment? Dommage, tu es un beau… prospect! Mais ne crains rien, prends ça relax. Je ne t'obligerai à rien. Je trouve ça moins amusant dans ce temps-là. Mais si tu changes d'avis, reviens me voir. Je me tiens souvent dans le coin. Je sens que je ne m'embêterais pas avec toi.

Maxime, qui s'attendait à devoir se battre, a la désagréable impression d'être devant un matou rusé, sûr de lui, qui abandonne sa proie avec l'assurance de la reprendre plus tard. Sans un mot, l'adolescent s'éloigne aussi rapidement qu'il le peut de crainte que l'autre ne se ravise et le poursuive. L'homme lui crie d'une voix malicieuse:

— Si tu n'as pas le goût ce soir, à ta place, je ne m'en irais pas par là. Tu risques de faire des rencontres qui ne te plairont pas. Moi, je représente juste l'avant-garde. Là-bas, c'est le gros du bataillon qui t'attend.

Malgré la chaleur, Maxime se sent glacé. Qu'est-ce qu'il a voulu dire par l'avant-garde? Le boisé ne cache tout de même pas un bordel pour gays! Il continue à avancer, aux aguets, en se protégeant des branches avec ses bras. Il croit entrevoir des silhouettes enlacées derrière les arbres. Il pense entendre des halètements, des soupirs et des gémissements qu'il associe à l'amour charnel.

Un affolement incontrôlable s'empare de lui. Il court franchement, se précipitant entre les arbres et ne prenant pas garde à la route qu'il suit. Il finit par se perdre complètement et tourne en rond un moment avant de retrouver ses esprits.

«Idiot! On ne peut quand même pas se perdre en pleine ville dans un petit bois grand comme ma main! Arrête de t'énerver. Personne ne te poursuit. Et s'il y a quelques énergumènes dans le coin, ils sont trop occupés entre eux pour te faire quoi que ce soit! Relaxe, niaiseux!»

Il respire à grandes bouffées. Ce n'est qu'à ce moment qu'il remarque la lueur des phares qui filent derrière une épaisse rangée de sapins. Se retenant pour ne pas s'y ruer, il se faufile entre les arbres et atteint le trottoir. Il est sur St-Rock, le grand boulevard. Il s'est passablement écarté de sa route, mais peu importe. Une bonne marche ne lui fera pas de tort. Il a amplement de quoi méditer tout au long de son trajet du retour.

Ce qui le perturbe le plus, c'est qu'on l'ait pris pour un homosexuel. Être seul et préférer ne pas se mêler aux autres, ça ne signifie pourtant pas que l'on ait des goûts particuliers. Ce type était-il réellement à la recherche d'une victime égarée ou avait-il tout simplement l'impression de se trouver en face d'un bon… prospect, comme il l'a laissé entendre? Un prospect!

Max sourit à moitié en songeant que l'homme n'était même pas capable d'utiliser le bon terme. Le client en perspective, c'était l'homosexuel, pas lui. Homosexuel, ce que ce mot évoque le fait grimacer.

Jamais il n'aurait cru qu'un jour on puisse l'associer à cette image.

À l'école primaire, d'accord, l'insulte suprême c'était de se traiter de tapette. Au secondaire, on entend parfois des «espèce de fif». Mais il n'y a jamais rien de sérieux là-dedans. Ça ne sert qu'à faire réagir l'autre, à le voir se pomper, à réussir à le mettre en colère ou encore à l'embêter, le niaiser. On n'y croit pas. Tandis que tout à l'heure…

L'homme désirait se dénicher un partenaire. Pour vrai! Et il avait jeté son dévolu sur lui, Maxime Langlois, adolescent de 15 ans (presque 16), solitaire, isolé, se tenant loin des autres. Les homosexuels sont-ils tous aux prises avec la solitude? Maxime se le demande. Après tout, c'est bien possible. On ne les accepte pas à bras ouverts. La société les ignore ou les bannit. Même lui, Maxime, ne peut pas supporter d'être considéré comme l'un d'eux.

L'adolescent est déboussolé. L'horrible préda-teur qui l'a abordé aussi cavalièrement ne lui paraît plus aussi terrible. Ce n'était qu'un gars en manque d'affection et de compagnie. Compagnie qu'il devra se procurer ailleurs. Maxime ne mange pas de ce pain-là. Les hommes ne l'affriolent pas. Et les femmes, les filles? Il doit admettre que Caro est la première qui ait déclenché quelque chose en lui. Mais de là à s'avouer qu'il en est amoureux, il y a un fossé que Max ne désire pas franchir.

C

Ben range sa voiture en bordure du trottoir. Il jette un regard par-dessus son épaule et lance d'une voix enjouée :

— Terminus ! Tout le monde débarque !

Caroline, qui n'attendait pas cet avertissement pour descendre, a déjà ouvert la portière arrière.

— C'est gentil de me prendre pour du monde, mais je suis toute seule. Tu n'as pas besoin de porter des gants blancs pour me mettre dehors. J'ai compris, tu es pressé de bécoter ta blonde. Je ne vous ferai pas languir plus longtemps. Salut et merci d'être venus me reconduire !

Elle claque la portière et fait un dernier geste de la main avant de monter les marches du duplex. Il est tard, presque 1 h du matin, et la nuit est sombre. En glissant la clé dans la serrure, elle fixe, sans vraiment la voir, la voiture qui repart, emportant ses deux meilleurs amis, Sonia et Ben.

Ce soir, la musique l'a entraînée au septième ciel (elle adore les Exactos), elle a dansé à en perdre la tête et elle a beaucoup ri avec la «gang» (surtout des blagues de Ben). Pourtant, elle se sent bizarrement mélancolique. Elle se hâte de mettre cela sur le compte de la fatigue.

Se démener comme elle l'a fait toute la soirée, ça épuise.

— C'est toi, ma cocotte ?

Sa mère ! Elle ne s'endort jamais avant que sa fille soit revenue. De son lit, dès que la porte d'entrée se referme, elle s'informe. L'expression «mère poule» a dû être inventée exprès pour elle.

— Oui, maman.

Caroline a utilisé son ton de petite fille sage, celui qui agace parfois ses parents parce qu'il est exagéré. Même si elle apprécie que l'on s'inquiète d'elle, il n'est pas question de le montrer.

— T'es-tu amusée?

— Oui, c'était bien. Bonne nuit!

Elle s'engouffre dans la salle de bains pour couper court à l'interrogatoire. Ses yeux picotent. Il est temps qu'elle ôte ses verres de contact. Elle n'en porte que depuis deux semaines. L'optométriste lui a pourtant recommandé de ne pas exagérer au début et de les mettre seulement quelques heures par jour pour s'habituer. Elle a dépassé l'heure. Mais comment faire autrement? Elle ne pouvait pas décemment aller au spectacle avec ses affreuses lunettes qui la défigurent. Entre déambuler avec une paire de loupes sur le nez ou souffrir un peu, le choix n'était pas difficile à faire.

Mais quel bonheur de voir clair! Ça vaut le coup. Éliminées les formes floues, les images imprécises qu'on ne réussit pas à mettre au point! Finies les oreilles blessées par les pattes des lunettes! Reléguée au passé l'arête du nez écrasée! Voir, tout voir! Les chanteurs, leurs instruments de musique, le décor, les spectateurs dans la foule… et Maxime.

Elle l'a reconnu, loin derrière. Il n'est pas resté longtemps. Le rock, ça ne doit pas le faire tripper. En fait, il est parti dès le début. Avant que Caroline ne se décide à le saluer d'un geste de la main. Elle n'osait pas. Pourtant, ça la tenaillait. Elle voulait et hésitait en même temps. Tiraillée entre les deux, elle en a manqué une partie de la représentation.

Après son départ, elle le cherchait souvent des yeux. Juste au cas où il serait encore là, dissimulé dans la foule.

Et dire qu'elle en mourait d'envie. Aller le voir et l'inviter à se joindre au groupe, c'était au-dessus de ses forces. Trop gênant! Il aurait sûrement refusé. Elle a bien pensé à informer Ben de sa présence. Il lui aurait parlé, lui. Entre gars, il n'y a pas de gêne. D'habitude. Mais la relation entre Ben et Max n'a plus rien d'ordinaire.

«Merde! Ce que c'est compliqué des fois», songe-t-elle, exaspérée.

Ben était le seul ami de Max. Le seul à lui adresser la parole, régulièrement. Tandis qu'aujourd'hui… Maxime se sauve dès qu'il aperçoit Benoît.

— Ce n'est pourtant pas sa faute, ronchonne-t-elle. Il n'est pas responsable des gaffes de son père. Oh! et puis, ce n'est pas mon problème. Qu'ils se débrouillent, ces deux-là! Ça ne me regarde pas.

Elle remet sa douche au lendemain matin et descend au sous-sol. Avec l'arrivée des jumeaux, elle a perdu sa chambre du rez-de-chaussée et a été reléguée un étage plus bas. En se glissant sous les draps, elle ferme les yeux sur le vide total, son cerveau est trop fatigué pour créer quelque image que ce soit.

C

La voiture est stationnée devant la maison de Sonia. Seule la lumière du perron éclaire le duplex, qui ressemble beaucoup à celui où habite Caro.

L'uniformité des développements résidentiels ne réussit qu'à prouver le manque d'imagination des architectes. Mais c'est le dernier des soucis de Ben et Sonia.

Encore assis dans l'automobile de son père, Ben ne parvient pas à se séparer de sa blonde. Il la désire de plus en plus. Il la tient serrée contre lui et l'embrasse avec fougue sur la bouche, derrière les oreilles, dans le cou. Sonia en perd presque le souffle.

— Tout doux! J'étouffe…

— Je n'y peux rien. J'ai tellement le goût de toi, tu ne peux pas savoir.

— Je m'en doute un peu, mais…

Il lui coupe la parole en l'embrassant de nouveau. Sonia, étourdie par son ardeur, se demande comment réagir. Ces derniers temps, elle s'est rendu compte que l'attitude de Ben a changé. Sa timidité a fondu et il se montre plus entreprenant de jour en jour. Elle n'a rien contre, cependant elle sait très bien où cela va les mener: dans un lit! Ça fait plus d'un an qu'ils sortent ensemble. Un an à se tenir par la main et à s'embrasser gentiment. Un an à être sages comme des images. Ça ne peut pas durer éternellement.

La main de Ben glisse sous la blouse entrouverte de Sonia. Il lui effleure le mamelon par-dessus sa camisole de coton. Un frisson court dans le dos de Sonia. Elle aime ça, elle ne peut le nier. Elle se surprend à en souhaiter davantage, mais, en même temps, elle appréhende la suite. Elle n'ose pas toucher Ben, de peur de l'exciter encore plus.

Lui, il prend son immobilité pour une invitation à aller plus loin. Il relève doucement la camisole. Le sein dans sa main, il le palpe avec un plaisir évident.

Sonia n'y tient plus. Elle se renfonce dans le siège pour mettre un peu de distance entre eux. Ben interprète mal son geste. Il croit qu'elle essaie de mieux s'installer pour poursuivre de plus belle. Il sort de sa poche une petite boîte carrée.

— Regarde, j'en ai apporté! lui annonce-t-il fièrement en la secouant.

Sonia n'a pas besoin qu'on lui fasse un dessin. Elle a reconnu la boîte et en connaît l'usage. Ben a acheté des condoms et il espère passer à l'action ce soir. Il se rapproche d'elle et lèche le lobe de son oreille.

— Mais où veux-tu qu'on fasse ça?

— Ici…

— Quoi! Dans l'auto!

La réaction de Sonia a été vive. Ben se détache d'elle pour mieux lui expliquer.

— Oui. En arrière, sur le siège. C'est assez grand.

— Tu es certain? J'ai plutôt l'impression qu'il faudrait être contorsionniste. Je n'ai jamais travaillé dans un cirque, moi.

Elle ne veut pas repousser bêtement son ami. Comment lui expliquer qu'elle s'attendait à mieux que ça pour leur première fois? Il ne sent pas sa réticence et rejette négligemment son opposition.

— Ne t'en fais pas. Je suis assez acrobate pour deux.

58

Il l'enlace encore. Elle se raidit et proteste d'une voix faible :

— Non, pas dans l'auto. Ça ne me tente pas ici.

— C'est une place comme une autre. Pourquoi pas ?

— Parce que… il y a des fenêtres tout le tour. On va nous voir.

— Il n'y a personne dans la rue à cette heure-ci. As-tu peur que ta mère nous aperçoive ? On va aller se stationner ailleurs.

— Ça ne changera pas le fait que n'importe qui peut nous voir !

— Il fait tellement chaud dans l'auto que les vitres sont embuées. On ne peut pas voir à travers.

— Non, mais on peut deviner ce qui se passe en dedans. C'est trop gênant. Dans l'auto, c'est non !

Ben se rassoit correctement derrière le volant, découragé. Il lance avec agressivité la boîte de condoms sur le tableau de bord.

— Mais où veux-tu qu'on le fasse, d'abord ? soupire-t-il, l'air boudeur.

Sans répondre, elle rajuste ses vêtements. Elle n'en sait rien. Elle n'est même pas tout à fait certaine de vouloir passer par là. L'insistance de Ben la met mal à l'aise. Pourtant, il allume chez elle un désir nouveau. Elle ne lui reproche donc pas sa demande. Seulement, l'endroit est mal choisi.

— On va sûrement trouver. Mais pas dans l'auto. Je ne suis pas capable. Ça me… crispe. Je n'aurais aucun plaisir. Je le sens. Ailleurs, ce serait mieux. Surtout pour une première fois !

Ben n'a rien à ajouter. C'est inutile. Il connaît assez Sonia pour savoir qu'elle ne changera pas d'idée.

— OK. Bye! Je viendrai te voir demain. Bonne nuit.

Son dernier baiser est sec. Sonia, convaincue qu'il lui en veut, descend le cœur gros. Elle entre chez elle sans se retourner. Ben attend qu'elle disparaisse à l'intérieur pour démarrer.

«Ailleurs! Facile à dire, mais avant que ça se réalise, les poules auront des dents! Avec mon père sur le dos… Mais maudit, ça me tente assez que… c'est rendu gênant d'aller à la piscine avec elle. Faut que je reste couché sur le ventre pour ne pas me faire remarquer! Oh! Je ne suis plus capable de résister! Maudit que c'est compliqué!»

5

Stéphane roule lentement. Il circule dans les rues du quartier industriel, de l'autre côté du chemin de fer. À cette heure-ci, un dimanche soir, il n'y a personne. Ou presque. En mordu de la moto, il est au courant de l'heure du rendez-vous et des risques auxquels il s'expose par sa simple présence.

Chaque semaine, la réunion se tient en un lieu différent, dans le but évident de déjouer les policiers. Presque chaque semaine, ceux-ci les découvrent et c'est la débandade. Mais avant que les forces de l'ordre se pointent, les motards ont habituellement le temps de bien s'amuser. Tout près d'un cul-de-sac, Stéphane entend gronder les grosses cylindrées. Il accélère, freine au dernier moment pour tourner le coin et arrive juste à temps pour le premier départ.

À très basse vitesse, il s'approche d'un groupe de motos, stationnées en retrait, et éteint son moteur. Il connaît de vue la plupart des moto-cyclistes. Des hommes de tous les âges, de rares femmes, sont rassemblés pour assister à ce spectacle défendu. Les rues ne sont pas des terrains de course. Pourtant, deux motos de style sport attendent le signal au fond de la rue. C'est à qui parviendra le premier à l'autre extrémité. Les conducteurs, couchés sur leur réservoir à essence, rincent leur moteur.

Certains, cédant à un irrésistible besoin de gager, misent sur l'un ou l'autre des coureurs. Les paris sont ouverts. Si Stéphane est emballé par le spectacle, ce n'est pas son genre de jouer. Il laisse ça à d'autres. Debout sur le trottoir, il regarde les deux motos lui passer sous le nez à toute vitesse. Les pneus fument, une odeur de brûlé irrite les narines et de longues traces noirâtres strient l'asphalte. Mais qui s'en préoccupe?

Tout ce qui compte, c'est de crier pour encourager son favori. La piste est courte, la course aussi. Dès que le gagnant est félicité et applaudi, l'argent a changé de poche et deux autres coureurs s'installent à la ligne de départ. Cette fois, il s'agit de motos de modèle custom. Plus lentes que les précédentes, elles n'en ont pas moins fière allure. Stéphane admire leur look *Harley Davidson.* S'il en avait les moyens, c'est une authentique *Harley* qu'il achèterait.

Cette course se déroule aussi bien que la première. Et il en va de même pour les cinq ou six qui suivent. Puis, Stéphane est invité par le propriétaire d'une moto tout-terrain semblable à la sienne à concourir contre lui. Il accepte avec empressement de relever le défi. En réalité, il n'attendait qu'une offre pour se précipiter dans la compétition. Pour se rendre au départ, il parcourt la moitié du chemin la roue de devant levée dans les airs. Autant pour impressionner son adversaire que pour tester ses propres réflexes.

Sûr de lui, il se place derrière la ligne imaginaire. Son engin gronde, prêt à bondir. Un arbitre, nommé au hasard, a déjà commencé le compte à rebours. …2, 1, GO… Stéphane ouvre les gaz, relâche la poignée d'embrayage, la resserre aussitôt, change de vitesse. Il passe en deuxième, en troisième, en quatr…

— La police! crie une voix dans l'assistance.

Les freins écrasés à fond, Stéphane effectue un dérapage qu'il contrôle tant bien que mal. Son opposant, moins chanceux, en tentant de pratiquer la même manœuvre, glisse un peu trop, se rattrape *in extremis* et cale son moteur à quelques mètres de la voiture de police. Lui, il écopera.

Si on ne peut pas reprocher grand-chose aux spectateurs d'une course illégale, les concurrents, eux, méritent une contravention salée, si ce n'est la confiscation pure et simple de leur moto. Stéphane le sait. Alors, pour éviter le pire, il n'a pas du tout l'intention de s'attarder sur place.

Une deuxième voiture de police survient en trombe, gyrophare et sirène en marche, et bloque la sortie du cul-de-sac. Mais qu'à cela ne tienne, Stéphane connaît le coin. De plus, avec sa moto tout-terrain, il peut passer n'importe où. Ou presque.

Il grimpe sur le trottoir et file entre deux hautes bâtisses. Se trouvant dans le secteur des compagnies et des usines, il a tendance à ne pas considérer l'endroit comme des terrains privés. Aussi il ne craint pas de déranger qui que ce soit, surtout un dimanche soir. Il fonce à toute vitesse, certain d'avoir le chemin libre. Les voitures de police ne peuvent pas le poursuivre dans le dédale de ruelles encombrées de matériaux divers qu'il emprunte. Mais elles peuvent l'attendre plus loin.

Stéphane ralentit. En prenant par là, il est évident qu'il se dirige vers le boulevard Industriel. Les policiers n'auront qu'à le cueillir au passage. De plus, il se rend compte qu'en se sauvant il a aggravé son cas. Ce qui n'était au départ qu'un jeu se transforme en délit de fuite et en entrave à la justice. Revenir en arrière ? Hors de question. Alors, il doit s'arranger pour ne pas être pris.

D'abord, il doit se garder d'emprunter les grandes rues. Mais pour sortir de ce secteur, à part le boulevard, il n'y a pas d'autre route. Sauf par le terrain du chemin de fer ! Un terrain boisé, marécageux par endroits, rempli d'obstacles. Exactement la place idéale pour s'amuser avec une moto comme la sienne et pour semer tout le monde.

Pendant un moment, encore, Stéphane erre dans les cours. Derrière une usine où l'on fabrique des câbles en acier, il aperçoit enfin des rails. Il y a belle lurette qu'ils sont inutilisés. Les compagnies ne se servent plus des trains pour transporter leurs marchandises. Les gros camions les ont remplacés.

Stéphane n'a donc pas à redouter un face-à-face avec une locomotive en empruntant les rails. C'est un chemin cahoteux mais pratique et à l'abri des regards. Il passe entre quelques compagnies avant de s'enfoncer dans un terrain vague transformé en forêt depuis longtemps. Environ cinq cents mètres plus loin, le chemin de fer s'arrête abruptement, obstrué par d'énormes blocs de ciment empilés pêle-mêle.

Il en faudrait davantage pour entraver la route de Stéphane et l'empêcher de poursuivre. Pour contourner l'obstacle, il entre carrément dans le boisé. Il se faufile entre les trembles, traverse une flaque de boue, écrase des buissons, évite des pierres et s'amuse comme un petit fou. Il a toujours adoré se dépenser physiquement et là il a de quoi brûler beaucoup d'énergie.

Vingt minutes plus tard, il débouche dans une éclaircie. Il a réussi à se rendre sur le terrain en bordure de la gare. Il devrait le franchir directement, mais il se méfie. Il y a des petits futés parmi les policiers. Il pourrait bien s'en trouver un pour surveiller la rue. Il juge plus prudent de s'écarter, de rester à couvert. Il longe le bois en se dirigeant vers l'ouest.

Il escompte sortir beaucoup plus loin, faire un long détour et revenir par le croissant St-Rock. Malheureusement, une clôture métallique lui barre le chemin au bout du terrain. Plutôt que d'aller reprendre immédiatement la rue, il rentre dans le bois. En suivant le grillage, il finit par repérer une brèche suffisamment large pour qu'il s'y glisse. Les vieilles clôtures sont toujours brisées à un endroit ou à un autre.

De l'autre côté, il se retrouve dans un fourré de broussailles derrière une rangée de commerces. Il est dans un quartier qu'il ne reconnaît pas. Indécis sur la direction à prendre, il éteint sa moto. Il veut aussi vérifier qu'il n'a rien endommagé. En sautant des pierres, il a eu l'impression que quelque chose a accroché. Caché par les arbustes, il examine le silencieux, mais il manque d'éclairage pour constater s'il y a des dégâts.

Étant donné que rien ne presse, il s'occupera de cela à la maison. Et maintenant, pour revenir vers le Faubourg St-Rock, il devrait normalement aller vers la droite, à moins que, par là, il ne se perde dans un labyrinthe de rues à sens unique qui n'aboutissent nulle part. Juste avant qu'il enfourche sa moto, une voiture survient à toute vitesse dans la cour asphaltée. Croyant avoir affaire à la police, Stéphane s'accroupit en retenant son souffle.

Il respire mieux en se rendant compte qu'aucune lumière clignotante n'orne le capot. Il s'agit d'une voiture tout à fait ordinaire, brune et beige. Une vieille familiale, passée de mode. Ce qui n'est pas ordinaire, c'est le comportement des passagers. Dès que le véhicule s'immobilise, un homme en sort, laissant la portière ouverte derrière lui. Nerveux, il scrute les environs avant de s'avancer rapidement vers la porte arrière d'un magasin. Lorsqu'il parvient à l'entrouvrir, deux autres hommes qui attendaient dans l'automobile se précipitent à sa suite. Tous les trois, ils s'introduisent à la hâte dans le magasin. Un bruit de verre cassé annonce du grabuge.

«Ça y est, je suis tombé sur des voleurs, songe Stéphane en se relevant à moitié. Je ferais mieux de décamper, sinon... »

Il se rebaisse vivement. Les trois hommes sortent en courant et s'engouffrent dans la voiture dont le moteur n'a pas cessé de tourner. Dans le temps de le dire, ils sont repartis.

— Fudge, ils savaient ce qu'ils voulaient! Ils ont fait vite! murmure Stéphane étonné par la rapidité d'exécution des intrus.

Jugeant préférable de ne pas s'attarder lui non plus, il décide de mettre les voiles. Il sort des buissons et, en approchant de la bâtisse, il entrevoit, par la porte non refermée, une flammèche qui scintille tout à coup à l'intérieur du commerce. La lumière enfle brusquement, crépitant et provoquant une bouffée de chaleur soudaine. Stéphane, sous l'effet de la surprise, bifurque d'une poussée sur sa poignée.

— Hé! Ils sont malades! s'écrie-t-il après s'être rétabli. Ils ont mis le feu...

Provoquer un incendie est un délit beaucoup plus grave que la légère infraction qu'il a commise en participant à une course. Et en restant sur les lieux, il pourrait bien écoper pour les pyromanes. Il embraye et contourne le bâtiment. Rendu dans la rue, il jette un coup d'œil derrière lui pour constater la vitesse à laquelle le feu progresse. Tout en se répétant qu'il ne devrait pas traîner, il se stationne néanmoins en bordure du trottoir et court vers les magasins.

Une silhouette à la fenêtre de l'étage supérieur lui a indiqué que des gens habitent au-dessus des commerces. Il ne songe qu'à les prévenir. Il sonne, crie de descendre. Impatient, il pousse sur la porte qui finit par céder. Dans l'escalier, la chaleur est suffocante. Il monte pourtant au pas de course. En haut, il s'engage dans un long couloir bordé de part et d'autre de quelques appartements. Stéphane lance des coups de poings sur les murs en hurlant :

— Au feu ! Au feu ! Sortez, vite !

Un silence incrédule accueille ses cris. Énervé par ce manque de réaction, Stéphane redouble d'efforts. Il vocifère à s'égosiller et tape rageusement sur les murs. Une porte s'ouvre au bout d'un instant qui semble une éternité pour l'adolescent. Un visage inquiet apparaît. Une fumée sournoise envahit lentement le corridor. Puis, c'est l'affolement. On s'interpelle, on hurle de terreur. On appelle quelqu'un. Des noms fusent dans l'air enfumé. Le réveil est brutal pour les enfants qui dormaient déjà. Ils sont secoués, poussés, charriés vers la sortie, vers la sécurité de l'extérieur.

La chaleur monte, l'excitation aussi. Les flammes commencent à lécher le plancher des pièces situées à l'arrière. On se bouscule en gueulant. Stéphane, qui s'est rendu jusqu'au bout du corridor, est forcé de s'immobiliser. Pour revenir vers l'unique escalier, il doit attendre son tour. L'angoisse de ces gens le gagne. Et si le plancher s'écroulait…

La fumée monte au plafond, épaisse, compacte ; elle gobe l'air pur. Parmi les fuyards, certains ont le réflexe de se plier en deux pour éviter d'être asphyxiés.

Une femme, un bébé dans les bras, se retourne et lance un appel.

— Francis! Reviens tout de suite! Non, rev…

Elle bloque le haut de l'escalier. Les gens derrière elle la pressent de descendre. Ils l'entraînent avec eux. De force. Il faut s'enfuir, se sauver, ne pas rester là. Dehors! Dehors!

La fumée a doublé de volume. Elle se glisse partout. Stéphane qui avance à quatre pattes voit à peine des pieds d'enfant s'engouffrer dans une porte. Les hurlements de désespoir de la femme résonnent à ses oreilles. Stéphane s'arrête devant la porte.

— Francis! Sors! Vite! Francis!

Seuls des gémissements lui répondent. La chaleur est intense dans l'appartement, invivable. Les longues flammes qui courent sur un mur jettent dans la pièce une lumière rouge et sombre qui danse méchamment sur les meubles et la fumée. Chauffée à bloc, la fenêtre éclate.

— Francis, merde, où est-ce que t'es?

Les yeux de Stéphane pleurent d'eux-mêmes pour chasser la désagréable sensation de picotement. Il voit mal. La fumée l'étouffe. La chaleur l'empêche d'avancer. Et le petit, où est-il? Est-ce qu'il vit encore? Il ne l'entend plus. Couché à plat ventre, Stéphane fouille de ses mains le sol noyé dans la fumée. De ses doigts, il tâte le plancher dont les tuiles décollent en se tordant, il trouve un soulier perdu, un bout de couverture. Puis, un objet tendre, mou. C'est une jambe. Une petite jambe d'enfant. Il la tire vivement à lui. Le corps inerte serré contre lui, il rampe jusqu'à l'escalier qu'il déboule à moitié. Il se rattrape, saute les dernières marches et va s'effondrer à l'extérieur à quelques pas de la sortie.

Épuisé, étourdi, cherchant à remplir ses poumons d'air frais, il n'oppose aucune résistance quand quelqu'un lui prend l'enfant des bras. D'autres mains l'agrippent par ses vêtements et le traînent plus loin. Son casque de motocycliste est enlevé, presque arraché de sa tête. Une bouffée de fraîcheur bienfaisante le soulage quand on ouvre la fermeture éclair de sa veste de cuir et qu'on lui ôte ses gants.

Stéphane se retrouve allongé sur le sol, dans la rue, un masque à oxygène plaqué sur son visage. Ses yeux chauffent, sa gorge est irritée, ses poumons brûlent à chaque respiration.

Ce n'est qu'à ce moment que Stéphane s'aperçoit de la présence des pompiers dans le secteur. Ils s'agitent, tirant sur les boyaux, installant les échelles, fracassant les vitres à coups de hache, arrosant les flammes. Des policiers repoussent les curieux derrière un cordon de sécurité, stoppent la circulation. Des ambulanciers s'affairent auprès des sinistrés. Une femme pleure, gémit, répète inlassablement un nom.

Cette plainte atteint Stéphane droit au cœur. Le petit Francis, a-t-il réussi à le sauver? Il relève la tête, s'appuie sur un coude. Par les portières ouvertes d'une ambulance, il voit des hommes penchés sur une civière. Du malade, Stéphane ne distingue qu'un minuscule pied, blanc, taché de suie. Le médecin ou l'infirmier d'Urgences-santé tente de réanimer l'enfant. Sa mère, soutenue par une voisine, sanglote en tremblant. Son bébé, toujours dans ses bras, braille à tue-tête, mais elle est incapable de faire quoi que ce soit pour le calmer.

Sous son masque à oxygène, Stéphane murmure :

— C'est écœurant…

Ce n'est pas de la révolte, pas encore, mais du dégoût. Il est dépassé par les événements.

Tout est allé trop vite. Il n'y a pas une demi-heure, ces gens dormaient paisiblement ou terminaient tranquillement la veillée chez eux en se reposant, et, maintenant, tout leur univers s'envole en fumée. Leur demeure s'écroule sous les flammes. Et un enfant se meurt.

— C'est écœurant !

La réaction vient enfin. Brusque, sèche, accusatrice. Ceux qui ont provoqué cet incendie se moquaient bien des gens qui habitaient là. Ils étaient inconscients ou quoi ?

— Qu'est-ce que tu dis ? s'informe la policière agenouillée auprès de Stéphane. Ça ne va pas mieux ?

Stéphane s'assoit tout à fait, retire le masque à oxygène et le tend à l'agente.

— C'est moins pire. Je respire mieux. Ça irrite encore un peu quand l'air passe, mais ça fait moins mal. J'ai été chanceux.

— Eux autres aussi! Si tu ne les avais pas prévenus, ils y restaient tous.

— Et le petit? Est-ce que… c'est grave?

Elle hausse les épaules. Elle n'est pas médecin. Elle ajoute néanmoins:

— Ils vont tout faire pour le tirer de là. Ils ont l'habitude des situations de ce genre. Si tu te sens assez fort pour te lever, on va aller dans la voiture. D'accord?

Stéphane dirige son regard vers l'automobile que montre du doigt la policière. Blanche et bleue, gyrophare trouant la noirceur à intervalle régulier, voilà ce que l'adolescent a cherché à éviter depuis le début de la soirée. Une voiture de police stationnée juste derrière sa moto!

— Alors, tu viens? insiste la femme.

A-t-il le choix? Il essaie quand même de gagner du temps.

— Oui, oui. Mon… mon casque? On me l'a enlevé, je…

— Derrière toi, avec tes gants.

Impossible de retarder davantage ou de s'esquiver! Stéphane, incommodé par des quintes de toux lorsqu'il respire trop vivement, accompagne la policière jusqu'à la voiture. Un sergent l'attend à l'intérieur, derrière le volant. L'adolescent s'est à peine installé sur la banquette arrière que l'officier lui demande en se tournant vers lui:

— Ton nom?

— Stéphane Patenaude.

— Adresse?

— Je reste dans le Faubourg St-Rock, sur la rue Providence, 1241 Providence.

— OK. Ça correspond à la plaque. À propos, ta moto, elle est pas mal crottée. Ce n'est pas pratique pour lire les numéros d'immatriculation. Tu le fais exprès.

Stéphane est aussitôt sur la défensive. Il n'a aucune envie d'expliquer qu'il s'enfuyait du lieu d'une course illégale. Ces policiers risqueraient sûrement de le prendre mal. Alors, sans vraiment mentir, il cache une partie de la vérité.

— Je faisais du motocross.

— Du motocross! En pleine ville!

Le sergent ne pose pas une question. Il proteste presque que c'est faux. De toute évidence, il met en doute l'affirmation de Stéphane, qui se sent obligé d'ajouter :

— Dans le bois, là. C'est le terrain de la gare. Il y avait de la boue.

— Comment as-tu fais pour entrer sur le terrain? C'est privé. Ça appartient à la compagnie ferroviaire. Et puis, il y a une clôture. Tu n'as quand même pas sauté par-dessus avec ta moto.

— La clôture est brisée. Le trou est assez grand pour que la moto passe. De l'autre côté, on peut entrer par la gare. C'est toujours ouvert. Personne n'a jamais rien dit.

Le policier le considère sans répliquer. Stéphane prend son silence pour un encouragement et poursuit :

— J'ai vu qui a fait le coup. Trois hommes dans une auto beige et brune. Une espèce de *station-wagon*. Une vieille auto. Ils sont passés par en arrière.

— Ah oui! Et eux, ils ne t'ont pas vu?

— Non, ils sont arrivés pendant que j'examinais ma moto. Je pense avoir accroché quelque chose dans le bois. J'avais arrêté le moteur et j'étais tout près de la clôture. Les arbustes me cachaient. Ils ne se sont pas rendu compte que j'étais là.

Les deux policiers se lancent un coup d'œil plein de sous-entendus. La femme griffonne des notes tandis que l'homme se remet à questionner.

— Qu'est-ce qui te fait croire qu'ils ont mis le feu? Ils n'ont peut-être rien à voir là-dedans.

— Ils ne sont pas restés deux minutes dans l'immeuble. Ils se sont sauvés et le feu a commencé tout de suite après.

— Ça ne veut toujours pas dire qu'ils en sont responsables. Ils sont peut-être partis chercher de l'aide. Ou ils étaient juste pressés.

— Pressés de s'enfuir pour ne pas se faire coincer, oui! Ils avaient l'air louche. Au début, je pensais que c'étaient des voleurs. Ils ont laissé le moteur tourner pendant qu'ils entraient. Les portières étaient ouvertes pour repartir plus vite. Et puis… ils avaient des bouteilles dans les mains. Des bouteilles de vin. En ressortant, ils avaient les mains vides.

Stéphane se souvient tout à coup de ce détail. Ils essayaient de cacher les bouteilles en les collant contre eux, mais les phares, en les éclairant, reluisaient dessus quand ils sont passés devant leur auto. Ce qui concorde avec le bruit d'éclat de verre.

— Je les ai entendus casser les bouteilles avant de partir. Ils étaient là pour faire un mauvais coup, c'est certain.

— Par où ils sont entrés, exactement?

— En arrière, au milieu, il y a deux portes. Celle de droite. Ils n'ont même pas refermé en sortant. Ce n'était pas nécessaire, j'imagine. Ils n'avaient pas de temps à perdre.

— À quoi ils ressemblaient, tes pyromanes?

— Euh… il faisait sombre et j'étais loin. Mais, je suis sûr que ce sont des hommes. D'une grandeur ordinaire… Les cheveux assez courts, foncés, bruns ou noirs… Des moustaches et de la barbe, les trois.

— C'est vague! Et leurs vêtements?

— Vestons… pantalons…, pas de jeans. C'est tout.

— Pas de couleur particulière?

— Comme l'auto, brun et beige. Ils étaient assortis. Pas mal fades. Ce n'était pas une manière de jeunes de s'habiller. Ça faisait un peu rétro, vieux jeu.

— Ils parlaient en français ou en anglais?

— Euh… ils n'ont rien dit, en tout cas, s'ils parlaient c'était à voix trop basse pour que j'entende.

— Autre chose de spécial?

Stéphane fait signe que non. Il n'a rien à rajouter. Le policier l'examine un instant avant de lire les notes de sa collègue. L'adolescent tourne la tête vers les commerces. Les pompiers luttent encore contre les flammes. Une partie des murs s'est écroulée, laissant apparaître le feu dans toute sa force et sa cruauté. La structure de l'immeuble résiste mais finira, elle aussi, par s'effondrer. Elle sera réduite en cendres comme le reste.

— C'est écœurant, soupire Stéphane, impuissant et désolé devant ce désastre.

— Oui, approuve la policière, surtout quand on sait que la plupart des sinistrés n'ont pas d'assurance. Ils ont tout perdu. Ils sont dans la rue.

Stéphane garde le silence un moment, mais, n'y tenant plus, il demande :

— Le petit garçon, est-ce que je peux avoir des nouvelles de lui ? Est-ce qu'il s'en est tiré ?

La réponse l'effraie. Cet enfant, il ne veut pas l'avoir arraché au feu en vain. Il trouverait trop injuste que la mort gagne après tous les efforts qu'il a déployés. Il regrette d'avoir posé la question. S'il fallait que l'irréparable se soit produit, il s'en voudrait de ne pas avoir agi plus rapidement. Le policier hausse les épaules.

— Aucune idée. L'ambulance est partie. Ils sont en route pour l'hôpital. Ça te dérange tant que ça, son état de santé ?

Le ton est sec, comme depuis le début de l'interrogatoire. « Ce n'est pas la sympathie qui l'étouffe, celui-là. Évidemment que ça me dérange ! » songe Stéphane. Il a eu assez de difficultés à trouver l'enfant et à le sortir de l'immeuble qu'il y tient maintenant. Aussi inexplicable que ce soit, ce petit Francis, dont il ne connaît que le prénom, est devenu important pour lui. Il faut qu'il vive ! Une autre quinte de toux lui évite de répondre. Le sergent en profite pour faire un commentaire sur un ton acerbe.

— Il n'était pas aussi bien protégé que toi. Avec tes jambières, ta veste et tes gants de cuir, tes grosses bottes et ton casque, tu ne risquais pas grand-chose. Tandis que le petit… Contre le feu, la chair humaine ne résiste pas longtemps. En passant, tu n'as pas chaud avec tout ça sur le dos?

Chaud? Stéphane crève. Il subit, comme tout le monde, la température torride et, de plus, il est sur le gril. Impatient et anxieux, il ne souhaite que sortir de cette voiture de police. Rentrer chez lui bien gentiment. Oublier qu'un gamin lutte contre la mort, à moins qu'il n'ait déjà succombé. Il essuie son front couvert de sueur du revers de la main. Celle-ci est aussitôt striée de noir. Tantôt, la suie s'est infiltrée sous sa visière, tachant son visage.

— En moto, on n'a pas le choix. Il faut s'habiller si on ne veut pas se blesser. Et puis, le casque est obligatoire, vous le savez aussi bien que moi.

Le policier prend cette remarque pour une provocation. Le ton plus agressif, il riposte :

— Peut-être bien, le jeune. Mais avoue que c'est drôlement pratique pour cacher son identité. Surtout avec un casque comme celui-là. Il te couvre le visage au complet. Difficile de reconnaître quelqu'un avec ça sur la tête.

« Ça y est! se dit Stéphane en tentant de ne rien laisser paraître de ses émotions. Il sait, pour la course. Quand je me suis fait surprendre, c'est vrai que les policiers ne pouvaient pas lire mon numéro de plaque; elle était trop sale. Mais avec mon signalement, il peut faire le lien… Et là, il essaie de me coincer, de me faire avouer. S'il pense que je vais tomber dans son piège… »

— Avec les branches dans le bois, c'est plus prudent, ce genre de casque. Je n'ai pas envie de me crever un œil ou de me défigurer.

— Sauf que tu ne passes pas tout ton temps dans le bois.

— Même sur la route, c'est le meilleur casque. Le vent, les petits cailloux qui rebondissent ou les mouches, n'importe quoi peut te blesser.

Le policier se radoucit aussi rapidement qu'il s'était mis en colère.

— C'est à ça que tu passes tout ton temps, cet été? Tu te promènes en moto à longueur de journée?

— Non, je travaille. Moniteur de tennis dans un parc de la ville. Le parc l'Oasis.

— Moniteur… C'est bien payé?

— Plus que le salaire minimum. Oui, c'est une bonne job.

— Ça te permet de te payer des randonnées en moto.

Stéphane a de plus en plus chaud. De toute évidence, le policier tourne autour du pot. Tôt ou tard, il va bien finir par lui poser la question fatidique. Pour l'éviter, rien de mieux que de changer de sujet de conversation.

— Ça m'aide surtout à ramasser de l'argent pour mes études. Je rentre au cégep en septembre. Sciences pures. Les cours sont gratuits, mais pas les livres. Et puis, je veux en mettre de côté pour l'université. Là, ça va coûter cher. On parle encore d'augmenter les frais de scolarité. C'était dans le journal, il n'y a pas longtemps.

« Tiens ! Mets ça dans ta pipe ! Les motocyclistes ne sont pas tous des grosses brutes épaisses et totalement illettrées, pense Stéphane en pinçant les lèvres. J'ai beau être habillé en motard, j'ai l'intention d'aller loin dans la vie. Plus loin que le fond du fleuve, les pieds coulés dans un bloc de ciment. »

Le policier a plissé légèrement les yeux. Il n'est pas dupe de la tentative de l'adolescent pour l'impressionner. Il veut bien admettre que le jeune est intelligent, mais ça ne supprime pas pour autant les soupçons qui pèsent sur lui. Au contraire.

— Tu as de l'ambition, c'est bien. Ce serait dommage de gâcher tout ça pour une niaiserie. Un geste dont on n'a pas mesuré toutes les conséquences.

Stéphane est encore sur ses gardes. Ça s'en vient, il va lui mettre sur le nez la course illégale. Le policier continue sur un ton badin, comme si ça n'avait pas vraiment d'importance.

— Sans penser à mal faire, des fois, on peut commettre une gaffe. On ne s'imaginait pas que ça tournerait comme ça. Et pfitt, le pire se produit. Ça dégénère.

Stéphane gigote sur le siège. Si le policier veut lui reprocher quelque chose, qu'il le fasse donc maintenant au lieu de s'amuser à le faire languir. L'adolescent cache son malaise en toussant. Il n'a pas besoin de se forcer, ses poumons sont sensibles.

— Ou encore, on se fait embarquer par d'autres. C'est incroyable jusqu'où on peut aller quand on se laisse influencer. Tant qu'on est dans le groupe, on se sent invulnérable. C'est au moment où on se retrouve seul qu'on se rend compte que chacun paye pour ses fautes. Le groupe ne te protège plus.

« Non, mais, il en fait tout un plat pour une petite course. Ce n'est pas la fin du monde, tout de même. »

— Oh ! Il paraît que ça peut être assez excitant, mais ça cause plus de problèmes que de plaisir.

« Si peu ! D'ailleurs, c'est aussi drôle de s'enfuir que de la faire, la course. »

— Tu as vu tous ces pauvres gens sur le carreau. Ça ne vaut pas le coup, non ?

Les sourcils de Stéphane se plissent bizarrement et montrent la plus grande incompréhension. Ses yeux se promènent du sergent à la policière et vice versa. Qu'est-ce que les locataires jetés à la rue par le feu ont à voir avec sa course ? Ses mâchoires s'entrouvrent, ses yeux s'arrondissent. Le policier parlait toujours du feu tandis que Stéphane s'imaginait bêtement qu'on lui reprochait autre chose. Ce qu'on insinue est beaucoup plus grave.

— Quoi ? Je ne comprends pas…

Ce qui est faux. Il a très bien compris qu'on veut lui coller l'incendie sur le dos.

— Êtes-vous en train de dire que j'ai quelque chose à voir dans cette affaire-là ?

— Non, c'est à toi de nous le dire.

— Woh! Minute! Moi, je suis tombé ici par hasard. C'est la première fois que je prenais ce sentier-là. Je ne savais même pas qu'il y avait des commerces et des gens qui habitaient au-dessus. Je ne les connais pas, les gars qui ont fait le coup. Je trouve ça débile et écœurant d'agir de même. Et puis, est-ce que je me serais lancé dans le feu pour les aider, si j'avais fait ça? Non, les coupables, ils se sont sauvés, eux autres. Ils n'ont même pas regardé s'il y avait du monde. Ils s'en foutaient…

Il s'énerve, hausse le ton, insulté qu'on puisse le prendre pour un criminel. Il se remet à tousser, incapable de continuer à parler.

— Calme-toi! Je ne t'ai accusé de rien. Je discutais avec toi. Veux-tu qu'on t'emmène à l'hôpital avant que tu fasses une crise d'asthme?

Stéphane a repris son souffle. Il respire à petits coups pour ne pas déclencher un autre accès de toux.

— Je suis capable d'y aller tout seul. Je ne suis pas asthmatique. Et puis, je n'ai pas envie de laisser traîner ma moto dans la rue.

— C'est vrai, ta précieuse moto. C'est elle qui est responsable de ta présence, ici. Ce serait dommage que tu te la fasses voler. Tu peux partir, on a tes coordonnées. Si on veut te retrouver, ce sera facile.

La policière lui ouvre la portière. Stéphane sort, ébranlé. Pourquoi avoir cherché à lui faire peur et le relâcher ensuite? Est-ce qu'ils l'ont cru quand il a plaidé non coupable? À quoi ça rime d'insinuer qu'il est le pyromane et de ne pas l'arrêter? Lentement, il enfourche sa moto et se prépare à démarrer. C'est en enfilant ses gants qu'il se rend compte que ses mains tremblent. La nervosité, sûrement. Le choc d'être sorti vivant d'une maison en flammes.

De leur voiture, les policiers suivent des yeux la moto qui s'éloigne à vitesse modérée.

— Je n'ai pas l'impression qu'il doit rouler aussi sagement que ça, d'habitude, ricane le sergent.

— Donne-lui une chance! Tu n'as pas cessé de le talonner. Il n'a pas l'air si terrible que ça. Penses-tu sérieusement qu'il a causé l'incendie?

— Mmm… peut-être pas. Mais ce dont je suis certain, c'est qu'il nous cache quelque chose. Je ne sais pas quoi encore, mais je vais le trouver.

— Il a pourtant un bon point en sa faveur: il a averti les locataires. Et le petit garçon, il a tout fait pour le sauver, au risque de périr lui-même dans l'incendie. Je l'ai vu se précipiter en dehors de la maison. Il est passé proche d'y rester. C'est suffisant pour troubler quelqu'un.

— C'est vrai, sauf qu'il avait plus l'air d'un gars qui dissimule que d'une personne bouleversée par les événements.

— C'est encore ton pif qui te fait dire ça?

— Non, mes vingt ans d'expérience. J'ai déjà vu un pompier volontaire qui s'amusait à mettre le feu pour venir l'éteindre ensuite avec les autres pompiers. En tout cas! Viens, on va aller voir les autres.

Ils sortent et s'approchent de deux autos-patrouilles stationnées de l'autre côté de la rue. Les agents, debout près des véhicules, interrogent les locataires et les voisins attroupés pour assister au spectacle. Si la curiosité est un vilain défaut, elle s'avère pourtant bien utile aux enquêtes policières.

— Alors, s'informe le sergent à un agent, quelque chose d'intéressant?

— Oui, je pense qu'on a mis le doigt sur un fait important. Un des locataires a entendu du bruit, juste avant le feu. Des pneus qui crissaient. Il a regardé dehors et il a aperçu une voiture qui quittait les lieux en vitesse. Une grosse *station-wagon* brune et beige.

À ces mots, la policière, qui tendait l'oreille, lance un clin d'œil moqueur au sergent:

— Un à zéro pour mon motard!

Le sergent ignore cette raillerie et demande plutôt à l'agent:

— C'est tout?

— Non, ce n'est pas la première fois qu'il voit cette voiture. Apparemment, quelqu'un qui ne venait pas pour les commerces mais dans un local en arrière. Personne n'a l'air de savoir qui louait le local. Ça faisait à peine deux ou trois semaines qu'il était occupé.

— Ça appuie les révélations du jeune Patenaude, déduit la policière en intervenant dans la conversation. Les types ont agi rapidement, sans perdre de temps parce qu'ils connaissaient les lieux.

— On dirait que ça concorde, mais, avant de sauter aux conclusions, j'aime mieux attendre les rapports des enquêteurs du service d'incendie. Il faut vérifier que le feu est bien parti de ce local et que ça n'a rien d'accidentel. Bon, si on allait voir le fameux trou dans la clôture et le chemin que le jeune prétend avoir emprunté!

6

Les enfants chahutent. Quelques garçons se prennent pour des mousquetaires et s'escriment à qui mieux mieux, leur raquette en guise d'épée. D'autres, résolument plus modernes, s'en servent pour lancer des rayons laser à leurs ennemis qui, chose incroyable, ne meurent jamais. Des filles, moins vindicatives, jacassent en petits groupes ou sautent autour d'élastiques imaginaires.

Trop absorbé par la lecture du journal, Stéphane ne réagit pas. Son cours ne débute que dans dix minutes. Assis dans les gradins, il a enfin trouvé l'article qui décrit l'incendie de la veille. Une photographie montre l'immeuble aux trois quarts détruit crachant plus de fumée que de flammes. On y voit aussi, debout dans la rue, des gens en bermuda et tee-shirt ou en robe de nuit qui assistent, impuissants, à la disparition de leurs biens. Le journaliste signale qu'il n'y a aucun mort mais qu'un enfant, dans un état critique, a été transporté d'urgence à l'hôpital. Il ajoute aussi que tous les autres locataires s'en sont sortis indemnes grâce à la rapidité d'un bon Samaritain qui n'a pas hésité à les prévenir.

— Tiens! Tu as décidé de t'instruire, ce matin? le taquine une voix enjouée. Jamais trop tard pour bien faire!

Tout en sursautant, Stéphane, par réflexe, pose une main sur l'article pour le dissimuler et lève les yeux. Caroline, à qui le geste n'a pas échappé, s'installe à côté de lui, souriante. Coquine, elle le fait exprès pour l'agacer.

— Qu'est-ce que tu caches? Une photo cochonne? La page centrale d'une revue porno? Si ton employeur savait à quoi tu perds ton temps au lieu de travailler, il te mettrait dehors.

— On est déjà dehors, au cas où tu ne l'aurais pas remarqué.

Caro sourit de plus belle et revient à la charge :

— Alors? C'est quoi ça?

Continuer à dissimuler ne ferait qu'aiguiser la curiosité de son ex-blonde, Stéphane en est bien conscient. Il lui tend donc le journal avec un air détaché.

— Rien d'intéressant! Tu peux le lire si ça t'amuse.

— Oh! C'est l'incendie dont ils parlaient, ce matin, à la télé.

— Ah, oui! Ça a passé à la télévision? Qu'est-ce qu'ils disaient?

— Probablement la même chose que ce qui est écrit là…

Elle se penche sur le journal plié en deux pour en faciliter la lecture. Stéphane garde le silence un instant, puis, n'y tenant plus, il s'informe en douce :

86

— Là-dedans, il est question d'un blessé grave, un enfant. Je ne sais pas s'il est mort…

— À la télé, ils ont raconté toute une affaire à propos de lui. Paraît qu'il est revenu dans l'appartement pour aller chercher son hamster. Pauvre petit, il ne voulait pas le perdre. Mais tu sais bien, le hamster a dû brûler tout rond. Mais le meilleur de l'histoire, c'est un gars qui passait en moto qui a vu l'incendie. Il est monté avertir tout le monde et c'est lui qui a sauvé l'enfant. Il est allé le chercher dans le feu. Faut le faire, non? Il mériterait une médaille pour ça. Je ne sais pas si j'aurais été capable d'entrer dans le feu, moi. Ça doit être horrible de mourir brûlé!

Le cœur de Stéphane bat plus fort, ses mains se couvrent de sueur.

— Il est mort!

— Le motard? Bien non. Il est sorti de là avec le petit garçon.

Stéphane s'impatiente. Caroline doit être nulle en exposé oral. Elle raconte comme un pied.

— L'enfant! Est-ce qu'il est mort?

— Pas du tout! Il se porte comme un charme. Les médecins l'ont réanimé, oxygéné, hydraté et soigné. Je te gage que, ce matin, il court dans sa chambre d'hôpital et qu'il fait enrager les infirmières. Enfin, j'exagère un peu, beaucoup. Il a des brûlures assez importantes, mais sa vie n'est plus en danger.

Stéphane a l'impression de voir voleter des papillons devant ses yeux. Sa tête tourne légèrement.

Il n'entend pas les derniers mots prononcés par Caro. Vivant! Le petit est sauvé!

— Qu'est-ce qui te prend? Tu as l'air tout drôle.

En effet, qu'est-ce qui lui prend? Pourquoi est-il aussi secoué par cette nouvelle? Après tout, des parfaits inconnus qui sont victimes d'incendie, il y en a tous les jours dans le monde entier! Ça ne devrait pas l'incommoder ainsi. Sauf que cet inconnu-là, c'est le sien. D'une certaine manière, il lui appartient, maintenant. Parce qu'il a passé une nuit à se ronger les sangs pour lui, à imaginer le pire, à se sentir coupable de ne pas avoir réussi à l'arracher à la mort. Il retrouve soudainement le sourire. Un sourire doux accompagné d'un regard mélancolique. Rien de comparable avec la gaieté et l'entrain dont il fait habituellement preuve.

— Je n'ai rien. Seulement, c'est dommage pour le hamster.

— On aura tout vu! Stéphane Patenaude ému par le sort d'une bibitte à poils!

— Tu sauras que je suis contre la cruauté envers les animaux. Le sort des crapauds qui se font *écrapoutir* par les autos, des fourmis géantes grillées à l'ail et des maringouins pourchassés à coups de bombonnes de gaz, tout ça me touche beaucoup!

Un éclair de malice passe dans ses yeux, sa bouche a repris son pli ironique. Il est redevenu le Stéphane de tous les jours qui aime tant badiner.

— Je ne suis pas ému, explique-t-il pour excuser sa conduite, seulement, je trouve bizarre qu'un enfant cherche à se cacher sous son lit au lieu de se sauver. Un lit, ça ne te protège pas du feu.

— Son lit? répète Caro qui ne comprend pas de quoi il parle.

— Oui, son lit. Ils ne l'ont pas dit à la télé? Je croyais que c'était là qu'il se cachait… À propos, vu qu'on est dans les enfants, tu t'es débarrassée des tiens?

Oubliant tout de l'incendie, Caroline soupire avec extase :

— J'ai la paix, la sainte paix! Mes parents sont en vacances pour deux semaines. Je ne suis plus obligée de traîner les jumeaux avec moi. C'est le bonheur total!

— Tu prends bien ça pour quelqu'un qui vient de perdre sa job!

— Un emploi comme celui-là, ce n'est pas une grosse perte. Mais je travaille encore. Pour une semaine. Je m'occupe de Marie-Ève. Elle est tellement fine que ce n'est pas un problème.

— C'est vrai, je l'oubliais. Tout comme je suis en train d'oublier que j'ai un cours à donner. Il est l'heure, il faut que j'y aille. Bye!

Il se lève, le cœur plus léger, soulagé d'un poids énorme, et va rassembler son groupe de jeunes débordants d'énergie. Caro lui répond distraitement par un geste de la main. Elle a le nez plongé dans le journal que Stéphane lui a abandonné en partant. Attirée par les détails, elle parcourt l'article avec minutie. Trois commerces ont été rasés : un salon de coiffure, un dépanneur et un snack-bar. Une quinzaine de personnes se retrouvent sans logement. Mais Caro a beau relire, il n'y a que peu d'informations sur l'enfant sauvé de justesse. Et rien, absolument rien, n'indique qu'il était sous son lit. Où diable Stéphane a-t-il pu pêcher ça?

Délaissant le journal, elle observe son ancien chum. Il n'a jamais été réputé pour sa patience (rien ne va jamais assez vite à son goût), mais ce matin il semble encore plus nerveux. Il se force pour sourire. Il ne rabroue pas vraiment les enfants, mais il leur répond sèchement et, l'instant d'après, il leur donne une tape amicale sur l'épaule, comme pour s'excuser. Caro en conclut qu'il doit être fatigué. Qu'est-ce qui l'empêche de dormir? Les filles? Pourtant, à sa connaissance, il n'a pas de blonde attitrée. C'est peut-être tout récent. À moins que ce ne soit sa moto… Quand elle est hors d'état de marche, Stéphane se transforme en ogre. Comment pourrait-il vivre normalement sans son engin motorisé à deux roues?

Des yeux, elle essaie de repérer la motocyclette. Aucune trace d'elle dans le stationnement qui longe les terrains de tennis. Et elle n'est pas garée dans la rue. C'est donc ça qui le met à l'envers. Son joujou favori est brisé et il a été obligé de marcher quelques coins de rue pour se rendre jusqu'à son travail. Pauvre Stéphane, c'est la pire catastrophe qui pouvait s'abattre sur lui.

Caro s'en amuse à moitié. Elle connaît assez Stéphane pour savoir à quel point c'est important pour lui. Mais ce n'est pas ça qui va gâcher sa journée à elle. Depuis le début de l'été (c'est-à-dire depuis six longues semaines), elle n'a profité d'aucun avant-midi de liberté. C'est le premier et elle a rendez-vous avec Sonia. Elle replie soigneusement le journal et le dépose sur le banc avant de quitter les gradins; il aidera peut-être quelqu'un d'autre à passer le temps.

C

Le flacon contenant la prescription de son père dans une main, Ben arpente les allées de la pharmacie. Rendu à la troisième, il aperçoit, en même temps, ce qu'il cherche et ce qu'il ne s'attendait jamais à trouver là: Maxime, occupé à étiqueter des désodorisants. Cette rencontre le déstabilise. Il hésite un instant avant de s'approcher. Trop absorbé par sa tâche, Max ne réagit à la présence de Ben que lorsqu'il est tout près de lui.

— Salut! Je ne savais pas que tu travaillais ici. Ça fait longtemps qu'on ne s'était pas vus.

Max tourne vers Ben des yeux où on peut lire la plus grande surprise. Peut-être une certaine crainte aussi. Ben le gratifie d'un sourire bon enfant.

— Je t'ai fait peur?

— Euh… Je ne t'ai pas entendu venir. Je… j'étais perdu dans mes pensées.

— C'est exigeant mettre des prix sur des désodos! ironise Ben en tendant la main. C'est justement la marque dont j'ai besoin.

Comme un automate, Max étiquette un tube et le lui donne. Pour cacher son malaise, il demande en poursuivant son travail:

— Qu'est-ce que tu fais, cet été ? Travailles-tu ?

— Je n'ai pas le temps de chômer. Faut que la quincaillerie roule.

— C'est vrai… J'oubliais que tu avais lâché l'école pour t'occuper du commerce.

— Oui, et ça ne m'a pas fait mal au cœur de partir de La Passerelle. Je préfère travailler au magasin que de perdre mon temps en classe.

Max voudrait savoir, mais il ne peut se résoudre à poser directement la question. Il tourne autour, l'air de rien.

— Ça veut dire que c'est définitif. Tu ne reviendras plus à l'école.

— Je n'ai plus rien à faire là. Et puis, avec mon père…

Il laisse sa phrase en suspens. Max n'ose imaginer ce que signifie son silence. Est-ce une accusation muette ? Il ose encore moins relancer la conversation. C'est Ben qui comble le silence pour ajouter en haussant les épaules :

— Il ne sortira jamais de son fauteuil roulant. La balle a fait trop de dégâts à la colonne vertébrale. C'est encore beau qu'il ait survécu.

Max a chaud. Il se sent de plus en plus embarrassé. Le ton amical de Ben le dérange. On ne peut pas se montrer indulgent à ce point, c'est impossible. Il faut qu'il lui en veuille, qu'il éprouve de la rancune. La culpabilité, le remords et la rage cohabitent en Maxime. Un voisinage difficile à contrôler et à supporter. Il ne digère pas l'héritage empoisonné que son père lui a légué. Si la honte tuait, il y a longtemps que Max aurait passé de vie à trépas.

— Je… je suis désolé pour toi et… pour ton père, murmure-t-il la tête basse, les yeux fixés sur une boîte de carton à ses pieds.

— Oh! Qu'est-ce que tu veux? Faut vivre avec. Surtout qu'on ne peut rien changer. C'est fait, c'est fait!

Maxime se contente de hocher la tête, incapable d'encourager Ben par une bonne parole. D'ailleurs, que pourrait-on dire de positif quand on broie du noir?

— Bon, faut que je me sauve. Mon père attend ses pilules. Salut, Max!

Ben s'éloigne. Max recommence à respirer, lentement. Il prend un autre désodorisant dans la boîte, y colle une étiquette avec un objet qui ressemble à un revolver muni d'un rouleau d'autocollants. Pourquoi cette vague similitude avec une arme à feu lui saute-t-elle aux yeux, maintenant? Il regarde l'étiqueteuse sans vraiment la voir. Ses pensées sont ailleurs.

Rendu au bout de l'allée, Ben se retourne et revient sur ses pas. Il s'arrête à quelques mètres de Max.

— À propos… je me demandais si pour toi et ta sœur ça allait mieux?

Maxime se réveille. Il lève sur Ben des yeux remplis d'incompréhension. Ben se voit dans l'obligation de préciser sa question.

— Bien, je veux dire… avec votre père, est-ce que c'est moins pire? Est-ce qu'il vous bardasse moins qu'avant?

Un coup de massue en plein front ne laisserait pas Max moins pantois. Pourtant, Ben a l'air sérieux. Il ne donne pas l'impression de se moquer de lui.

— Tu… tu ne le sais pas? bafouille Max. Tu n'es pas au courant…

Benoît secoue la tête, embêté. Quelle gaffe a-t-il encore commise? Qu'est-ce qu'il devrait savoir? Pourquoi Max est-il si bouleversé? La réponse l'inquiète.

— Il est mort, souffle enfin Maxime, malgré lui.

Quelques secondes se passent avant que Ben puisse articuler qu'il est désolé. Ces simples mots de sympathie venant du cœur font réagir Maxime. C'est la goutte de trop. Benoît n'a pas d'excuses à lui faire. Au contraire! La machine à étiqueter glisse de ses doigts et tombe lourdement sur le sol, mais Max ne songe pas à la ramasser. Il pivote brusquement sur ses talons, abandonnant sur place un Benoît complètement médusé.

Ce dernier s'élance derrière lui avec plusieurs secondes de retard. Convaincu de l'avoir blessé, il veut essayer de réparer sa faute. Malheureusement, en tournant le coin de l'allée, il ne l'aperçoit pas. Il hésite à aller plus loin. En harcelant Maxime, ne risque-t-il pas d'aggraver la situation? Il vaut peut-être mieux le laisser seul avec ses émotions. Déçu de lui-même, il se dirige vers la caisse.

Max s'est enfui dans l'entrepôt, à l'arrière du magasin. L'endroit, interdit aux clients, lui permet de s'isoler un instant. Le temps de reprendre le dessus et, surtout, le temps que Benoît parte.

« Il ne savait rien, merde, il n'a jamais su ! Comment ça se fait ? Pourtant, c'était facile de faire le lien ! Mais il n'a jamais pensé à ça… parce qu'il avait trop de problèmes. C'est sûrement ça. Il n'est plus revenu à l'école après le hold-up de la quincaillerie de son père ; il s'occupait du magasin pendant que son père était à l'hôpital. Il ne pouvait pas être à deux places en même temps. Et puis, qui est-ce qui était au courant de la mort de mon père ? Pratiquement personne. Mais les rumeurs et les mauvaises nouvelles courent tellement vite que j'étais certain qu'il en avait entendu parler. C'est vrai que j'ai gardé ça pour moi. À qui j'aurais bien pu raconter une affaire pareille ?

« Il y a seulement Caroline qui peut être au courant. Ma sœur lui rapporte n'importe quoi. Est-ce que ça se peut que Caro ait décidé de se taire ? Pour combien de temps ?

« Maintenant, si Ben établit un rapport entre mon père et le sien, je n'aurai que moi-même à blâmer. Pourquoi a-t-il fallu que je réagisse aussi mal ? Sûrement pas parce que la mort de mon père m'affecte. Il nous embêtait tout le temps, Marie et moi. Il nous empêchait de vivre convenablement. Pour sa maudite dope, il n'arrêtait pas de me piquer mon argent. Et quand j'en manquais, il me passait à tabac. Non, je ne le regrette pas, lui. Il nous en a assez fait manger, de la misère, qu'il pouvait bien crever.

« Maudit ! Pourquoi est-ce que je me suis énervé ? J'aurais dû annoncer la mort de mon père sans paniquer. Là, Ben va se poser des questions, chercher à comprendre ma réaction. Je me maîtrise mieux que ça d'habitude. Qu'est-ce qui m'a pris ? Ce que je peux être nul. J'ai tout gâché parce que je n'ai pas su garder la tête froide. Le pire, c'est que j'ignore comment je pourrais récupérer la situation. Si je ne parle plus avec Ben, que je l'évite, il va trouver mon comportement bizarre. Au contraire, si je manifeste trop le désir d'expliquer mon attitude, ça va lui paraître anormal. Il connaît mon penchant pour l'isolement, mais il y a des limites à se cloîtrer. Surtout quand quelqu'un t'aborde amicalement.

« Et tout ce temps-là, je m'imaginais qu'il m'en voulait, qu'il rongeait son frein avant de me dire sa façon de penser, qu'il laissait mariner sa colère contre moi ou sa répulsion pour toute ma famille. Je me trompais, il ignore tout. Pas pour longtemps, malheureusement. Il va finir par comprendre. Il ne peut pas faire autrement. Et c'est là que l'enfer va commencer. Il faut bien payer un jour, même si c'est pour les fautes des autres… »

Maxime soupire, impuissant. Et puis, il a assez perdu de temps, il doit retourner au travail.

C

Installées à une table de pique-nique du parc, elles bouffent leur lunch en riant. Il y a longtemps que Caroline et Sonia ne se sont pas laissées aller à un tel débordement de gaieté. Depuis 9 h et demie, elles n'ont pas cessé de jacasser. Les futilités comme les sujets plus sérieux déclenchent leur hilarité.

Même la petite Marie-Ève, qui ne comprend pas la moitié de leurs propos, rigole pour ne pas être en reste. Cette attitude enfantine provoque des rires supplémentaires chez les adolescentes.

— Ce n'est pas vrai! s'exclame Caro. Il voulait faire ça dans l'auto? Juste en face de chez vous? À quoi il pense? Ta mère aurait pu vous apercevoir.

— Pas de danger! Les vitres étaient tellement embuées qu'on ne voyait pas au travers.

— C'est une auto ou un sauna, qu'il a?

— Je dirais plutôt une espèce de bulle de verre humide, chaude, irrespirable…

— Le secteur équatorial du Biodôme! En miniature, avec juste deux singes.

— Ha! Ha! Très drôle, réplique Sonia en haussant les épaules. Fait que c'est partie remise.

— C'est donc compliqué, vos affaires. Si ça vous tente tant que ça, allez dans un motel et défoulez-vous!

— Un motel! Ouach! grimace Sonia. Tu n'es pas dans tes affaires. On ne sait jamais si c'est propre. Ça coûte cher. Et puis… il peut y avoir des gens qui t'écoutent dans les chambres à côté.

— Pas grave, ils sont là pour ça, eux autres aussi.

— C'est quoi un motel? s'informe innocemment Marie-Ève.

Sonia dissimule son fou rire derrière sa cannette de boisson gazeuse tandis que Caroline cherche une bonne explication.

— Euh! C'est une place où… Bien, tu sais quand tu voyages loin de chez toi, tu ne peux pas coucher dehors, n'est-ce pas? Alors, tu loues une chambre dans une maison qui s'appelle un motel.

— Tu t'en vas en voyage, Sonia?

— Non, non. Je reste ici. Je ne pars pas.

— Bien alors, pourquoi tu veux aller dans un motel?

— Justement, je ne veux pas y aller.

— Pourquoi?

Sonia dévisage Marie d'un air découragé. Cette petite ne connaît-elle qu'un seul mot: pourquoi? Caro rigole un instant avant de venir à sa rescousse, en détournant l'attention de sa protégée.

— Aimerais-tu ça manger un beau cornet de crème glacée?

— Ouiii!

Caro était convaincue que Marie ne pourrait résister à une telle offre. Elle lui donne deux pièces de deux dollars, lui recommande de bien regarder (des deux côtés) avant de traverser la rue. Puis, elle la suit d'un œil attentif tandis que la fillette s'éloigne en sautillant.

— Ouf! soupire Sonia. Je pensais qu'elle n'arrêterait jamais de poser des questions.

Caro, la tête ailleurs, fronce les sourcils et marmonne:

— J'ai oublié de lui dire de faire attention au change. J'espère qu'elle va penser à le mettre dans ses poches, au moins.

— Espèce de mère poule! Ce n'est plus un bébé. Elle a sept ans.

— Et toutes ses dents! ajoute Caro pour la rime. Tiens, parlant de dents, voilà ton gros méchant loup qui vient te dévorer toute crue. Oh! Mais ce qu'il est galant, ce jeune homme.

Elle a les yeux fixés sur Ben. Il a stationné sa voiture (ou plutôt celle de son père) tout près de Marie-Ève qui attend sur le trottoir, en se dandinant, que la voie soit libre. Il a contourné l'auto et s'est approché de la fillette. Après avoir échangé quelques mots avec elle, il la tient par la main pour traverser la rue.

— Il aide une jeune fille en détresse, poursuit Caro, ironique. Quel mâle sans peur et sans reproche! Mais je me demande quel sorte de mâle il va faire au lit...

— Caro! proteste Sonia en lui allongeant un coup de pied sur le tibia. Je te défends de parler de ça devant lui.

— OK. C'était une blague. Ne te fâche pas! N'empêche que...

— Chut! Le voilà!

En effet, Ben revient au pas de course. En s'affalant sur le banc, à côté de Sonia, il annonce:

— C'était la sœur de Maxime.

— Je le sais, répondent en chœur les deux filles avant de pouffer de rire.

Caro précise:

— Je la garde, cet été. Tu n'étais pas au courant?

— Non, je pensais que tu t'occupais seulement des jumeaux. Mais... ça a tout l'air que j'ignore bien des choses. Je viens d'apprendre que le père de Maxime est mort.

— Quoi! s'exclame Sonia. Est-ce que Marie est prévenue?

Ben et Sonia tournent en même temps la tête vers Caroline. Mal à l'aise, celle-ci avale de travers sa dernière bouchée de sandwich avant d'expliquer :

— Ça fait longtemps que c'est arrivé. Ce printemps ou à la fin de l'hiver, je ne sais plus, j'ai oublié.

— Et tu ne m'as rien dit ? se révolte Sonia, insultée de ne pas avoir été dans la confidence.

— Euh… Il me semblait que je t'en avais parlé. Non ?

— Si tu l'avais fait, je m'en souviendrais. C'est quoi cette affaire-là de garder des secrets pour toi ?

Ben intervient, autant pour mettre fin à la chicane qui oppose les deux filles que pour en apprendre davantage.

— De quoi est-il mort ?

— Euh… je crois que… c'est un accident.

— De voiture ?

Caroline se contente de hocher rapidement la tête tout en ramassant les restes de son dîner. Les questions de Benoît l'indisposent. D'accord, elle ne leur a rien dit au moment du décès, mais c'était pour protéger Maxime. De quoi exactement ? D'une impression obscure et imprécise. Illogique, aussi. Aujourd'hui, elle ressent le même sentiment vaguement inquiétant. Une question l'obsède : comment Ben réagirait-il en apprenant que c'est le père de Max qui a tiré sur le sien ? Mal, sûrement ! Heureusement, pour l'instant, cette éventualité ne l'a pas effleuré. Il raconte plutôt sa mésaventure du matin.

— J'ai rencontré Max à la pharmacie, tantôt. Quand je lui ai demandé des nouvelles de son père, il est devenu blême. Je pensais qu'il allait s'écraser sur le plancher. Il est plus sensible qu'il en a l'air. La mort de son père doit l'affecter pas mal.

— Pourtant, ça fait déjà quelques mois que c'est arrivé, objecte Sonia. Depuis le printemps, il aurait dû se faire à l'idée.

— Oui, mais penses-y! Ils sont orphelins pour de bon. Plus de mère, plus de père. Il est tout seul avec sa sœur. Comment ils se débrouillent?

Cette question, Ben la pose directement à Caro. Il est convaincu qu'elle doit connaître leur situation puisqu'elle garde Marie.

— Ils sont dans une famille d'accueil. Des gens gentils et assez riches qui n'ont jamais eu d'enfants et qui sont contents de s'occuper d'eux. Ils habitent dans la même rue que Stéphane. Trois ou quatre maisons plus loin. Ça lui prend donc du temps à revenir! Je vais voir où traîne Marie et je m'en vais. Salut, les amoureux! Bon après-midi.

Caroline est soulagée de quitter ses amis. Elle évite ainsi de creuser le sujet. Ben ignore tout et c'est très bien ainsi. Demeurés à table, Sonia et Ben restent silencieux un moment. L'adolescent attire la jeune fille contre lui et l'embrasse dans le cou avant de chuchoter :

— J'ai une bonne nouvelle pour toi. Ce soir, mon père sort! Il a été invité par un ami à passer la veillée chez lui avec deux autres connaissances. Ils vont jouer aux cartes. D'habitude, ça finit tard.

— Je ne vois pas en quoi ça me concerne…

— Ne fais pas l'innocente! Tu le sais très bien. On ne se fera pas déranger de toute la soirée. Toi et moi, seuls, enfin! Ça te tente?

La réponse est superflue. Sonia embrasse langoureusement son ami.

Caroline voyage dans la lune. Accrochée à elle, Marie-Ève babille d'une voix enfantine. «Mon chat a fait ceci… Mon amie a joué à cela…» Des propos insignifiants pour l'adolescente mais qui reflètent l'univers de la fillette. Tout en marchant en direction de la maison des tuteurs de Marie, Caroline fait mine d'écouter en émettant des grognements d'encouragement et des «Ah oui!» de temps à autre.

Elle ne pense à rien de particulier. Son esprit vagabonde entre Maxime et Benoît, en passant par Sonia, qu'elle reverra peut-être demain matin. En tournant le coin pour emprunter la rue Providence, elle ne remarque pas immédiatement ce qu'il y a d'exceptionnel. C'est Marie qui lui secoue la main en s'écriant:

— Regarde! Les pompiers! Il y a peut-être un feu?

Caro revient aussitôt sur terre. Le camion que Marie montre du doigt n'est pas celui qu'utilisent les pompiers pour combattre les feux. Il s'agit plutôt d'une camionnette d'un rouge distinctif et munie d'un gyrophare, éteint en ce moment. Le véhicule, qui appartient bel et bien au service d'incendie, est garé avec une voiture de police en face de la maison de Stéphane.

— Ça me surprendrait que ce soit un feu. Ce n'est pas un camion avec des boyaux et des échelles. Ça doit être une fausse alerte. Ne t'inquiète pas, ce n'est pas grave.

La fillette n'est pas effrayée, mais déçue. Un incendie constitue un spectacle auquel elle aurait aimé assister. Elle presse quand même le pas au cas où Caroline se tromperait. En passant devant la maison, elle ralentit et arrête complètement. Elle a aperçu des hommes en uniforme qui examinent une motocyclette. Cet engin aussi représente une attraction hors du commun. De toute sa petite vie d'enfant, elle n'en a jamais vu une autre d'aussi près. En secret, elle rêve d'être invitée par le propriétaire de la moto à faire un tour. Ce serait à la fois excitant et épeurant.

Caroline la rejoint, petite statue immobile, figée dans la contemplation d'un objet fabuleux. L'adolescente hésite à saluer monsieur Patenaude, le père de Stéphane. Visiblement embêté, l'homme surveille les agents qui effectuent des prélèvements de terre séchée sur les roues de la moto. La présence de ces gens chez lui est en soi un fait assez étrange, ce qui doit rendre leur examen approfondi de la moto de son fils doublement bizarre pour les voisins. Caroline devine que monsieur Patenaude se demande ce qu'on va penser de cela dans le quartier.

Sans s'attarder, Caro entraîne Marie-Ève chez elle, ce qui ne l'empêche pas de remarquer du coin de l'œil les gestes des policiers.

«Aucun doute, c'est réellement à la moto de Stéphane qu'ils en ont. Il a peut-être eu un accident. Ça expliquerait son comportement de ce matin. Quoique les rapports d'accidents se font sur place, pas après. À moins que Stéphane ne se soit sauvé du lieu de l'accident. Et les pompiers, qu'auraient-ils à voir là-dedans ? Cette explication ne tient pas debout. Pompiers… pompiers…

« Pompiers égalent incendie. Autour de la maison, il n'y a aucune fumée ni aucun véritable camion pour éteindre un feu. Alors, il ne s'agit pas d'ici. Stéphane a probablement été témoin d'un incendie ailleurs…

« Fudge ! Celui du journal ! Il y avait un moto-cycliste. Ce serait Stéphane qui aurait sauvé le petit garçon… »

Éberluée, elle reste la main tendue vers la poignée de porte. Elle tourne lentement la tête vers la maison de Stéphane. Elle n'a jamais douté du courage de son ex-chum, mais à ce point, elle n'en revient pas.

— Le petit cachottier, il ne m'a rien dit !

Ce qui n'est pas vraiment pour la surprendre. Tout le temps qu'elle est sortie avec lui, elle en a appris beaucoup à son sujet. Entre autres, qu'il ne parle que rarement de lui-même, même s'il jacasse abondamment. Il préfère susciter les rires que l'api-toiement. Ce qui donne l'impression à ceux qui le connaissent mal qu'il possède une carapace à l'épreuve des sentiments. Mais, au fond, c'est un cœur tendre.

— C'est un vrai *Whippet,* ce gars-là. Un emballage en chocolat dur, cassant à l'extérieur, mais il est tendre, mou comme de la guimauve en dedans!

— Quoi? questionne Marie qui n'a pas suivi son raisonnement. Est-ce qu'on va manger des biscuits?

— Bonne idée, suis-moi!

C

— Pourquoi tu ne nous as rien dit, hier soir?

Stéphane a à peine eu le temps d'entrer et de fermer la porte derrière lui que son père l'a interpellé. Debout dans le salon, il l'attendait avec impatience. Voilà une demi-heure qu'il retient sa colère.

— De quoi j'avais l'air quand les policiers et les pompiers sont venus m'interroger?

Il n'en faut pas davantage à Stéphane pour comprendre ce qu'on lui reproche. Sans répondre, il s'affale sur un fauteuil. Le faible soupir qu'il émet n'échappe pas à son père. D'un ton radouci, celui-ci poursuit son réquisitoire.

— Si tu m'avais prévenu, j'aurais pu mieux parler en ta faveur. Là, parce que j'ignorais tout, ça te rend encore plus suspect à leurs yeux. Ils s'imaginent que tu me caches des choses, donc que tu es coupable. Moi, je le sais que tu ne mettrais jamais le feu nulle part, mais eux, ils ne te connaissent pas. J'ignorais même que ta moto était ici. Un peu plus et je passais pour un menteur en leur disant que tu allais travailler tous les jours avec.

— Je l'ai laissée ici parce qu'il y a quelque chose qui coule, je ne sais pas quoi. Je manquais de temps pour l'examiner, ce matin.

— J'ai vu la tache sur l'asphalte dans l'entrée de garage. Mais, on vérifiera ça plus tard. Pour l'instant, tu vas me raconter ce qui s'est passé, hier soir. Et n'oublie rien.

Stéphane se mordille un peu les lèvres puis se jette à l'eau. Il sent que, s'il veut obtenir son soutien, il doit tout révéler à son père, la course, sa fuite et le feu. Après tout, son père a toujours pris sa défense, pour autant qu'il lui avouait la vérité.

7

Depuis quelques minutes, Marilyn tripote son crayon. Son journal intime est ouvert devant elle, mais elle n'a encore rien écrit. Elle se sent à court de mots pour traduire ce qu'elle éprouve. C'est tellement contradictoire. Il y a déjà un certain temps qu'elle entrevoit au fond d'elle-même l'ombre sournoise du doute. Elle voudrait tant écraser ce serpent maudit qui veut s'emparer de son âme et l'éloigner de la vérité.

Tout paraissait si simple au début. Afficher sa foi lui apportait une telle joie, une fierté incommensurable. Son démon intérieur lui chuchote qu'elle frôlait la vanité, la fanfaronnade. Elle s'agite nerveusement. Non, ce n'est pas elle qui pense ainsi, mais son père. Lui, il n'y voit que de l'insolence envers lui, du mépris pour la société dans laquelle elle vit.

Il fallait qu'elle le fasse. Elle devait aller jusqu'au bout. On ne peut pas éternellement faire les choses à moitié. Rachida l'aurait traitée de lâche, et avec raison. Évidemment, la situation ne sera pas facile à assumer, surtout les premiers temps, surtout maintenant.

Malgré la porte close, elle entend de sa chambre les protestations véhémentes de son père qui se trouve à la cuisine. Il vient tout juste de rentrer de son travail et sa mère a dû le mettre au courant. Marilyn ne pouvait pas s'attendre à ce qu'il saute de joie. L'heure des explications a sonné. Le pas lourd de monsieur Chaker martèle le corridor. Sa main frappe à la porte qu'il ouvre sans attendre d'invitation.

— Mais qu'est-ce que tu veux faire, ma fille ? Explique-moi quelle idée folle te passe par la tête !

Elle garde le silence, les yeux fixés sur lui. Il est à peine plus grand qu'elle, rondouillard ; ses cheveux, jadis si noirs, ont été attaqués par la calvitie et le grisonnement ; seule sa moustache n'a pas changé de teinte ; son teint hâlé demeure une preuve tangible de son pays d'origine, l'Algérie. Pourtant, en le regardant, on s'aperçoit vite que quelque chose cloche. Ses yeux bleus ! Souvenir vivace de quelques ancêtres français.

Réprimant son irritation, il vient s'asseoir sur le lit et pose la main sur celle de sa fille. Elle la retire vivement, sans vraiment réfléchir.

— Quoi ? Qu'est-ce qu'il y a ? s'indigne-t-il. As-tu si honte de moi ? Est-ce que je te dégoûte à un point tel que je ne peux pas te toucher ? Je suis ton père, pas un étranger. Donne-moi ta main !

Le ton est sec et ne laisse pas de place à la discussion. Elle obéit à contrecœur. Sa peau froide rencontre la paume chaude et ferme de son père. Elle devrait se sentir prisonnière de sa poigne, mais il la presse avec tant de douceur qu'elle en est troublée. Comme lorsqu'elle était enfant et qu'il l'emmenait dans les manèges. Pour la rassurer, il lui tenait la main.

— Qu'est-ce qui t'arrive, ma Lili? Ça n'a pas de sens! Je ne te comprends plus! Tu ne peux pas abandonner tes études!

Marilyn se tait toujours. L'explication, il la connaît. C'est dans l'ordre des choses.

— Rappelle-toi! En février, j'ai pris une journée de congé, exprès pour toi. Ensemble, on a visité des cégeps. Ahuntsic, Rosemont, Bois-de-Boulogne, même Brébeuf. Sais-tu à quel point j'étais fier de toi? Ma fille, ma propre fille, une première de classe, qui va s'inscrire en sciences de la santé! Pas n'importe quoi, qu'elle voulait devenir. Une chirurgienne! Quand on a reçu ta lettre d'acceptation, on a fêté ça. En grand, au restaurant! Et tout à coup, sans crier gare: paf! Tout déboule. Tout est flanqué par terre. Mademoiselle ne veut plus aller au cégep. La médecine, ce n'est plus assez bien pour elle, peut-être? Pourquoi? Peux-tu m'expliquer pourquoi?

Marilyn articule à regret:

— J'ai changé d'idée.

— C'est tout! Aussi simple que ça! Comme on changerait de chemise… Je te rappelle, ma fille, que c'est ton avenir que tu bouscules sans vergogne. Qu'est-ce que tu vas faire de ta vie? À quoi vas-tu passer ton temps? Tu n'as que 17 ans. Il t'en reste peut-être encore 50 ou 70 à vivre. Et tu vas rester là à ne rien faire.

Il se tait un instant, pour reprendre son souffle, avant de continuer à argumenter de plus belle.

— Où est le problème? C'est à cause de nous que tu agis ainsi? Nous ne sommes pas de bons parents?

Marilyn a un petit haussement d'épaules exaspéré. Toutes ces questions sont inutiles. Son père poursuit néanmoins:

— Ou alors, as-tu peur de ne pas être capable de passer au travers? De ne pas réussir? Non? Eh bien! dis-le-nous, pourquoi? Ta mère et moi, nous voulons comprendre!

Il se tourne vers sa femme qui se tient immobile dans l'embrasure de la porte. Les lèvres serrées, les yeux tristes, elle attend la suite dans l'angoisse. Marilyn ne peut en supporter davantage, elle s'écrie, énervée par ce qui lui semble une mise en scène pour qu'elle se sente coupable:

— Vous le savez très bien. Je n'ai pas à expliquer ce qui est déjà clair pour tout le monde.

— Parce que c'est clair! Première bonne nouvelle. Dans ce cas, je suis un aveugle, car je ne vois rien.

Il a lâché la main de sa fille et a redressé le torse. Marilyn perçoit nettement la colère qui bouillonne en lui. C'est plus facile ainsi. Elle peut l'affronter sans remords.

— Pour une fille dans ma situation, c'est évident que je dois renoncer à mes études. Ce n'est pas défendu, mais c'est mieux, vu que…

— Défendu? Qui te défend quoi que ce soit? Qui? Sûrement pas moi, ni ta mère! Sois plus explicite!

— Ce n'est pas vraiment défendu. Mais être une chirurgienne, ce n'est pas un métier honorable pour une femme. On m'a expliqué que je devrais voir et toucher des corps nus et que... ça ne se fait pas. Je risquerais de perdre ma respectabilité... et...

— On? Qui, on? Rachida, sa mère, ses tantes? Qui t'a mis cette idée absurde dans la tête?

Elle voudrait se rebiffer, prendre la part de son amie, mais son père ne lui en laisse pas le temps. Il s'est relevé vivement et arpente la chambre.

— Comment peux-tu croire que ta religion empêche une femme d'exercer une profession aussi bénéfique pour son prochain? Il s'agit de soigner des gens, pas de faire de la prostitution, tout de même! Et ton voile, il est obligatoire, peut-être?

— C'est la parole du prophète!

— Justement! Ce n'est qu'une simple recommandation que Mahomet a faite aux femmes au début du septième siècle. Je te rappelle que le prophète est mort en 632. À l'époque, les hommes voulaient différencier les femmes honnêtes des autres. À leurs yeux, la pureté de la femme dépendait de son habileté à se dissimuler aux yeux des mâles pervertis. Mais le monde a évolué, regarde autour de toi! En avion, nous sommes à quelques heures du Japon. En un clin d'œil, les satellites nous mettent en liaison avec l'Australie. L'Australie, personne ne savait seulement que ça existait du vivant de ton prophète. Non, à son époque, les hommes épousaient plusieurs femmes. Tu imagines un peu ? Ce soir, c'est le tour de Yasmina, hier, c'était Leila et, demain, Fatima…

— Papa! Tu es de mauvaise foi. Tu exagères!

— Pas du tout! C'est ainsi que ça se passait dans les temps les plus reculés. L'homme ne cherchait qu'à satisfaire ses besoins et à assurer sa descendance en se servant des femmes comme d'esclaves.

— Mais c'était l'Antiquité, ça, papa!

— En effet, aujourd'hui, c'est le monde moderne! Cesse de t'obstiner à regarder en arrière! Ta mère est devenue professeure d'histoire ancienne à l'université. Crois-tu qu'on le lui aurait permis?

— C'était une autre époque…

— Je ne parle pas de temps, mais de lieu. En Algérie, jamais elle n'aurait pu décrocher un poste à l'université. Surtout avec un mari chrétien… un petit-fils de pieds-noirs! Ce n'est pas une maladie, tu sauras.

Évidemment qu'elle le sait. C'est le surnom donné au début du XXᵉ siècle aux Français qui avaient colonisé l'Algérie. Une période de leur histoire difficile à accepter pour certains Algériens. Dont la famille de Rachida, Marilyn doit bien l'avouer. Elle rejette cette dernière pensée et passe à l'attaque.

— Tu es comme les autres, les ignorants qui refusent d'accepter la différence. Pour nous faire rentrer dans le rang, ils font de la propagande haineuse sur notre dos. Tu agis de la même manière…

— De la propagande haineuse, moi! s'exclame-t-il en se plantant devant elle. C'est de la haine, peut-être, d'avoir épousé ta mère? Non, c'est de l'amour. C'est de la haine de ne jamais l'avoir forcée à changer de religion? Non, c'est de l'amour et du respect pour ses convictions. Tu en veux des exemples de propagande haineuse, je vais t'en montrer. On condamne à mort des écrivains musulmans parce qu'ils affichent une liberté de pensée. Depuis vingt ans, des dizaines de journalistes ont été assassinés en Algérie parce qu'ils exprimaient ouvertement ce que l'on pense tout bas, en cachette. On a supprimé des directeurs de théâtre, des étudiants qui prônent la liberté, des femmes et des adolescentes qui refusent de porter le *hijab*. On terrorise encore des pauvres gens avec des attentats à la bombe. Une voiture piégée a fait quarante et un morts en plein cœur d'Alger, il n'y a pas si longtemps. Des enfants, des femmes, des innocents. Les deux avions qui ont embouti les deux tours à New York en 2001, qu'est-ce que c'est d'après toi? Et les talibans qui détruisent des écoles pour empêcher les fillettes d'avoir accès à l'éducation? Pire encore, ces mêmes talibans ont appelé au meurtre de toute fillette qui oserait se présenter dans une école! Ça, c'est de la haine, de la haine à l'état pur!

— Tu mélanges tout! Ce sont des actes d'extrémistes, des terroristes…

— Des barbares qui utilisent la religion à des fins politiques et qu'on appelle des intégristes. Ce qu'ils veulent, c'est le pouvoir totalitaire. Sur l'économie, sur la justice, sur les âmes! «Défense de penser librement», «Défense d'être différent», voilà ce qu'ils proclament. Du fanatisme dégueulasse! Pas tellement différent de la Sainte Inquisition, quand les «bons» chrétiens faisaient la chasse aux sorcières et qu'ils brûlaient de pauvres innocentes...

Marilyn enrage intérieurement. Son père est borné et ne comprend rien à rien. Il confond tout. Elle parle de religion et il lui répond politique. Elle porte un *hijab,* pas une mitraillette. Rachida l'avait pourtant prévenue que ce ne serait pas facile, qu'il essaierait de l'ébranler.

— Tu t'éloignes du sujet, papa.

— À tes yeux, peut-être. Mais pour t'aider à saisir mon point de vue, je vais te donner un exemple beaucoup plus près de nous. Mon frère, tu sais de quoi il est mort, mon frère?

— Il s'est noyé. Tu me l'as déjà raconté.

— Non, ON l'a noyé. Et tu ne sais pas le quart de l'histoire, car nous ne te l'avons jamais dite. Il n'est pas tombé tout seul dans l'eau. Il traversait un pont, à pied. Quatre types lui ont barré le chemin. Ils le harcelaient, le bousculaient. «Alors, tu es chrétien? Sale fils d'infidèles! Saleté de sang de pieds-noirs! On va te les laver, les pieds, et la tête, et la langue! Allez, ouste, dans le bain!» Il a essayé de se défendre. Ils l'ont battu jusqu'à ce qu'il soit assommé et ils l'ont balancé par-dessus le parapet.

Après l'avoir vu couler au fond, ils sont partis, en riant.

Marilyn, les yeux ronds d'incrédulité, jette un regard à sa mère qui, la gorge nouée, lui confirme par un hochement de tête la véracité des faits.

— Il était mon jumeau. Nous étions identiques. Il voulait devenir journaliste. Il sortait tout juste de l'université. Ses yeux bleus l'ont trahi. Ça aurait aussi bien pu être moi!

Il baisse la tête, plongé dans un silence méditatif. Lorsqu'il relève le menton, une lueur malicieuse brille dans ses yeux.

— Non mais, tu peux m'expliquer à quoi il pensait, Gabriel?

— Gabriel? s'étonne sa femme à qui il s'adressait. Qui ça?

— L'archange! Il devait être drôlement mêlé, celui-là. Pour un seul Dieu, il est venu se mettre le nez dans trois religions différentes qui ne sont même pas foutues de s'entendre ensemble. Les juifs persécutent les musulmans en oubliant qu'ils ont eux-mêmes subi un sort identique aux mains de certains chrétiens. Quel fouillis! Vraiment, il n'était pas futé, Gabriel[1]. Quand je pense que c'est à cause de tout ce gâchis que ma fille va foutre sa vie en l'air, ça me dépasse!

---

1. Selon l'Ancien Testament, l'ange Gabriel était le messager de Yahweh auprès de Daniel pour aider celui-ci à déchiffrer ses visions (religion juive). Dans le Nouveau Testament, Gabriel annonce la naissance du Messie, Jésus (religion chrétienne). Le Coran, ce sont les enseignements d'Allah révélés à Mahomet par l'entremise de Gabriel (religion musulmane).

Sans un mot de plus, il quitte la chambre. Il n'a plus envie de discuter. Sa femme se range pour le laisser sortir, esquisse un pas pour le suivre, mais sa fille la retient par une question.

— C'est pour ça que vous avez quitté l'Algérie? À cause de la mort de son frère?

Un faible sourire effleure les lèvres de sa mère.

— Il ne voulait pas partir. C'est moi qui ai insisté. Je ne pouvais pas vivre avec la peur qu'il survienne un malheur. Ça m'a pris du temps, mais j'ai réussi à le convaincre et j'ai fait nos valises avec soulagement. Si tu dois en vouloir à quelqu'un d'avoir été élevée ici plutôt qu'en Algérie, c'est contre moi que tu devrais te tourner. Pas contre lui!

Muette, presque muselée, Marilyn ne sait que répondre. Elle jongle encore avec son crayon, mal à l'aise. Depuis quelque temps, elle s'exerçait à en vouloir à son père et, d'un seul coup, sa mère vient d'effacer son principal grief contre lui. Marilyn ne peut pas lui reprocher de l'empêcher de pratiquer la religion de son choix. Il n'a jamais rien dit ou fait en ce sens. Il ne la maltraite pas, il prône sincèrement la liberté de penser, il l'encourage même à poursuivre son éducation. Maintenant, de quoi pourrait-elle le blâmer? Elle se sent à la fois coupable de lui avoir attribué de mauvaises intentions (surtout celle d'avoir voulu déraciner sa mère) et en colère qu'il l'ait laissée dans l'ignorance. Si elle avait su…

D'une voix douce, mélancolique, sa mère lui assène un dernier coup :

— Pourquoi portes-tu le *hijab,* ma fille ? Parce que c'est une loi islamique et que tu n'as pas le choix ? Ou parce que tu veux honorer Allah ?

Sans attendre la réponse, elle sort en refermant lentement la porte. C'est aussi bien ainsi car Marilyn n'aurait pas su quoi répliquer. Elle n'a pas non plus le cœur de se confier à son journal. Tout est trop compliqué. Les pages glissent entre ses doigts. Ses yeux errent sur les lignes, s'accrochent à des mots, des phrases, des dates.

4 juillet… Il m'a regardée du coin de l'œil… 16 juillet… Il a encore taquiné Rachida et m'a fait un clin d'œil quand elle s'est fâchée. Elle m'en veut parce que je n'ai pas pris sa défense. Désolée, j'avais trop envie de rire… 29 juillet… Je crois qu'il le fait exprès de placer ses affaires près des bancs. Ça l'oblige à venir près de nous et à nous parler. Rachida s'en passerait bien… 9 août… Il aurait voulu faire équipe avec moi pour le tournoi de fin de saison. Parce que l'an dernier je m'étais bien classée parmi les filles, dans les trois premières. Il a dit qu'il aimait mon style de jeu, que ça compléterait le sien. Impossible, malheureusement. C'est de l'histoire ancienne. J'ai fait une croix là-dessus. Il avait l'air déçu…

Il, lui, il… Pas de nom ni de prénom pour le désigner. Pourtant, presque tous les jours, elle inscrit une ligne ou deux à son sujet. Rien de plus.

Elle se prend soudainement la tête à deux mains. Elle s'ennuie terriblement. De l'été dernier, de la piscine, du tennis, de l'amour de sa mère et de son père, de l'amour tout court.

Les mains sur le volant, Ben détourne les yeux de la route pour les poser sur Sonia. Il la trouve belle et ne se lasse pas de l'admirer. Des cheveux bruns, longs et soyeux lui couvrent les épaules. Un profil doux. Un nez délicat. Des lèvres… mangeables. Oui, cette fille, il la mangerait toute crue!

Il glisse une main sur la cuisse de Sonia, la caresse légèrement comme s'il craignait qu'elle s'envole tel un oiseau effarouché. Car c'est à cela qu'elle ressemble en ce moment.

— Ça va bien aller, tu vas voir!

C'est autant pour se rassurer lui-même qu'il a parlé. Sans se l'avouer, il craint de ne pas être à la hauteur. Il y a tellement longtemps qu'il l'aime qu'il ne voudrait pas la décevoir ni la blesser. Bien avant de sortir avec elle, il l'avait remarquée, sans jamais oser l'approcher. Il se contentait de tourner autour d'elle, de loin, jusqu'à ce qu'elle l'accepte dans sa vie.

— Mon père est parti pour la veillée. Il a dit qu'il me téléphonerait pour que j'aille le chercher. Alors, il n' y a pas de problème.

— C'est parfait, murmure Sonia.

Elle lui sourit, bravement. Une partie d'elle-même désire ardemment se serrer contre Ben et profiter du plaisir anticipé, mais, d'un autre côté, elle appréhende le moment décisif. Elle se sent l'âme d'une girouette. Veux, veux pas! Pourtant, elle éprouve une grande affection pour Ben et un réel bien-être dans ses bras. Alors, pourquoi se cabre-t-elle intérieurement? La peur. Voilà ce qui lui noue l'estomac! La peur de s'abandonner complètement dans les mains de quelqu'un. La crainte de la douleur, aussi. Est-ce que ça fera mal?

Sonia rejette vite cette idée folle. Ben s'est toujours montré d'une extrême douceur avec elle. Il ne peut pas en être autrement pour ça. Ça! L'ombre d'un sourire sarcastique s'accroche à ses lèvres. C'est bizarre, ils n'ont jamais appelé «ça» par son nom. On le fait mais on n'en parle pas! C'est impudique, secret, caché et c'est ce qui effraie et excite à la fois.

Elle fixe Ben tandis qu'il stationne la voiture devant chez lui. Elle le trouve pas mal à son goût avec ses yeux bleus et sa carrure athlétique. Étrange garçon tout en muscles et en force, et qui agit avec tant de bienveillance et de patience. C'est cette dualité qui l'attire vers lui.

Avant de sortir de l'auto, ils restent immobiles à se dévisager l'un l'autre. Souriants, ils cherchent les mots pour se stimuler. Ben finit par dire, en se moquant:

— Prête pour le bonheur sublime, mon amour...

— Prête pas prête, j'y vais! Il y a longtemps que j'ai compté jusqu'à cent.

Deux minutes plus tard, ils entrent dans la chambre de l'adolescent. Maladroitement, il lui indique le lit. Elle se contente de hocher la tête. Il se rend compte qu'il doit prendre les choses en main s'il veut que ça aboutisse quelque part. Il s'approche d'elle et l'enlace. Il l'embrasse sur la bouche, les joues, le cou tout en cherchant à lui retirer son chandail.

Grisée par les caresses, elle le laisse l'entraîner sur le lit. Lorsqu'il s'étend sur elle, elle le repousse timidement.

— As-tu apporté ce qu'il fallait?

— Pas de problème, j'en ai une boîte. Je te l'ai montrée l'autre jour. Dans le premier tiroir de mon bureau.

— Moi aussi, j'ai apporté quelque chose.

Curieux, il s'écarte à peine pour qu'elle puisse fouiller dans la poche de son jean. Elle en extirpe un sachet hermétiquement fermé.

— C'est quoi, ça?

— De la mousse pour le bain! Je me suis dit qu'avant, on pourrait peut-être…

— Jouer dans l'eau! OK. Ça me va.

Il se relève vivement et balance, de deux coups de pied, ses souliers dans un coin. Sonia l'imite et court derrière lui vers la salle de bains.

C

Monsieur Ladouceur tourne la clé dans la serrure. Un de ses partenaires de bridge est venu le reconduire. Tant mieux! Benoît n'a pas eu à se déplacer pour aller le chercher. Son père est trop heureux de pouvoir se passer de lui pour une fois. Son fils se montre bien intentionné, mais la dépendance qui le lie à lui l'agace. Son infirmité, encore trop récente (pas tout à fait six mois), est rendue plus pénible à supporter par les nombreuses attentions de Ben. Il n'y a pas à dire, il prend soin de son père. Trop!

Cette soirée avec des vieux copains lui a changé les idées. C'est de joyeuse humeur qu'il rentre chez lui. Il pousse les roues de son fauteuil et referme derrière lui. Pas besoin de tendre l'oreille pour savoir ce que fait Ben. La musique, montée à un niveau de décibels inacceptable pour la tranquillité de monsieur Ladouceur, lui fait automatiquement perdre son sourire. Inutile de crier de baisser le son, on ne l'entendrait pas avec un tel boucan.

Il roule jusqu'à la chambre de son fils et ouvre la porte sans avertissement. Et là, tout le monde fige. Lui, dans son fauteuil roulant, une main encore sur la poignée, la bouche entrouverte dans l'intention d'avertir que c'est trop fort. Elle, les yeux tournés en sa direction, couverte à moitié par le drap, le sang glacé dans ses veines. Et l'autre, collé contre elle, dans une position qui ne laisse aucun doute sur ses intentions. Il n'y a que la musique qui ne perd pas le rythme. Ça ne dure qu'une seconde, une seconde et demie, pas davantage. Mais c'est suffisant pour tout comprendre. Ce qui n'empêche pas Albert Ladouceur de s'écrier:

— Qu'est-ce qui se passe, ici? Êtes-vous en train de revirer fous?

D'un mouvement vif, Ben rabat la couverture sur son amie et s'assoit dans le lit.

— Comment ça se fait que tu es là? Tu n'es pas revenu tout seul! Tu devais m'appeler...

— C'est ça, quand je ne suis pas là, tu en profites pour...

Enragé, le regard enflammé par la colère, il pointe un doigt accusateur vers son fils sans trouver les mots pour exprimer son opinion.

— Ce n'est quand même pas la fin du monde, p'pa. Je ne suis plus un bébé, merde!

Il tend la main vers un tiroir déjà ouvert et y pige un boxer qu'il enfile rapidement. Il n'a qu'une idée en tête, faire sortir son père de sa chambre. Aussi, sans ménagement, il pousse le fauteuil dans le corridor d'où il ferme la porte.

Demeurée seule, Sonia a l'impression de s'être transformée en bloc de glace. Elle entend les cris qui lui parviennent affaiblis à travers la cloison. Soudain, une parcelle de chaleur se crée un chemin en elle, embue ses yeux, brouille sa vision. Lorsque les larmes coulent enfin sur ses joues, elle se secoue. Impossible de rester ici plus longtemps!

Elle cherche des yeux ses vêtements, mais n'en trouve aucun. C'est dans la salle de bains qu'elle s'est déshabillée. Elle ne peut quand même pas sortir toute nue. D'une main fébrile, en tâchant d'être la plus silencieuse possible, elle fouille dans les tiroirs de Ben. Un tee-shirt trop long pour elle, un bermuda dans lequel elle flotte, quelle importance du moment qu'elle a quelque chose sur le dos.

Elle ouvre prudemment la porte de la chambre. La bataille verbale s'est déplacée jusqu'à la cuisine. Elle passera par devant. Refusant d'écouter les mots cruels que les deux hommes se lancent par la tête, elle s'enfuit. Dans la rue, elle court, elle court, pieds nus, ne voulant surtout pas savoir ce que les gens peuvent penser de cette fille qui galope en s'essuyant les yeux.

De plus en plus loin derrière elle, dans la cuisine, Ben et son père s'affrontent. Chacun étant à des années-lumière de l'autre.

— J'ai le droit d'inviter qui je veux dans ma chambre et je n'ai pas à te rendre des comptes sur ce que je fais!

— Tu es dans ma maison, ne l'oublie pas! Et tu ne feras pas n'importe quoi, ici! Tiens-toi-le pour dit!

— Hé! Je n'ai pas deux ans pour me laisser mener de même. Ça fait longtemps que j'ai appris à penser tout seul. Tes ordres, je peux m'en passer.

— Tu auras l'âge que tu voudras, tu seras toujours mon fils. Et tant que tu vis chez moi, tu vas m'écouter. Tu n'as pas encore 18 ans. Tu es mineur et je suis responsable de toi et de tes conneries. Imagine qu'elle tombe enceinte, qu'est-ce que tu ferais?

— Les condoms, ça n'existe pas pour rien, p'pa!

— Peut-être, mais en attendant, va lui dire que je ne veux plus la voir chez moi!

— Je la verrai tant que je veux! Ce n'est pas toi qui vas décider à ma place.

— Je décide bien plus que tu penses, mon gars…

Ben ne l'écoute plus. Il a battu en retraite dans sa chambre qu'il découvre vide. Après un court moment d'hésitation, il se rend à la salle de bains. Les vêtements de Sonia traînent par terre mêlés aux siens. La mousse a disparu dans le bain, laissant apparaître une eau aussi trouble que les pensées de Ben. Inquiet, il s'habille à la hâte et ramasse les affaires de sa copine. Juste avant de quitter la maison, il marmonne à l'intention de son père :

— C'est malin, ça. Tu as assez crié qu'elle s'est sauvée. Maudit !

Son père se retient de répondre : « Bon débarras ! » Au fond, le jeune a raison, il fait noir pour se promener seule dans les rues. Pendant que son père est assailli par un vague remords, Ben est déjà installé dans la voiture et démarre. Il prend le chemin le plus direct, tout en cherchant Sonia des yeux, en cours de route.

Ne l'ayant pas croisée, il éteint le moteur devant chez elle. Il descend de voiture et se précipite vers la sonnette. Il regrette aussitôt d'avoir appuyé dessus. Et si ce n'était pas Sonia qui venait répondre ? Son intuition pessimiste ne le trompe pas. Lorsque la porte tourne sur ses gonds, il se retrouve devant la mère de son amie.

— Benoît ? s'étonne-t-elle en le voyant.

— Heu… Sonia… je peux la voir ?

— Mais, je pensais qu'elle était partie avec toi. Vous n'êtes pas ensemble ?

— Elle… elle n'est pas revenue ?

— Qu'est-ce qui se passe avec vous deux ? Qu'est-ce qui vous est arrivé ?

Ben voudrait se fondre dans le décor, disparaître par enchantement. Mais il doit répondre. Existe-t-il une façon d'expliquer avec délicatesse à une mère inquiète que sa fille s'est fait surprendre au lit avec son chum par le père de ce dernier et qu'elle a pris la poudre d'escampette sans prévenir personne? Les vêtements de Sonia dans les mains (il n'a même pas songé à les placer dans un sac), Ben se sent dans l'eau bouillante. Avouer la vérité lui semble particulièrement pénible. D'autant plus qu'une deuxième personne se profile maintenant derrière la femme: le grand frère de Sonia! Voilà qui est doublement embêtant!

C

Par réflexe, Sonia a évité d'emprunter le croissant St-Rock, une artère trop éclairée pour son humeur et son habillement. Pour dissimuler son désarroi, elle préfère les petites rues sombres. Dodgson, Côte-au-Sirop, de la Vieille-Ferme, des Plaines, Wodehouse. Elle les connaît bien, ces allées asphaltées. Depuis qu'elle est toute petite, elle joue dans le coin. Mais ce soir, le cœur n'est pas à la fête. Pourtant, elle s'y était préparée et s'en faisait une telle joie, de cette soirée avec Ben. Maintenant, le château de cartes s'est écroulé.

Il ne lui reste plus qu'à rentrer à la maison, seule, délaissée, presque chassée par le père de Ben. Et aller montrer ses yeux rougis et son allure de pauvresse à sa mère? Non, c'est hors de question. Sans réfléchir davantage, elle se tourne vers l'unique personne qui la comprendra. En passant devant la demeure de Caroline, elle voit de la lumière au sous-sol. Elle entre dans la cour et frappe à la porte qui y mène directement.

— Je t'en prie, Caro, ouvre! C'est moi, Sonia. Vite! Ouvre-moi! Ça presse!

Au bout d'un interminable moment, la porte s'entrebâille et une voix inquiète s'informe:

— Sonia? C'est toi?

— Oui, laisse-moi entrer, vite!

De plus en plus troublée, Caroline, en robe de nuit, accueille une Sonia à l'allure étrange.

— As-tu vu ton linge! Tu me donneras la recette de ton régime. J'aimerais ça devenir *lousse* comme ça dans mes vêtements.

— Ce ne sont pas les miens. C'est écœurant ce qui me tombe dessus. J'ai pensé mourir de honte. Un vrai cauchemar!

— Je le sais! Tu as rêvé que tu étais toute nue en avant de la classe et que tout le monde te regardait en riant. Là, tu t'es réveillée et c'était vrai. Alors, tu as sauté sur le premier gars venu, tu l'as assommé et tu lui as volé son linge. C'est pour ça que tu ressembles au Petit Poucet déguisé en ogre! C'est ça, hein!

Étourdie par ce verbiage incohérent, Sonia reste bouche bée un instant, puis éclate de rire.

— Caro, tu es folle, mais c'est pour ça que je t'aime! Tu as trop d'imagination pour moi. C'est beaucoup plus banal et ridicule, ce qui me tombe dessus. Avant d'entrer, j'avais juste envie de brailler...

— Et tu t'es dit: je connais une bonne épaule à inonder de toutes les larmes de mon corps. Allez, ne te gêne pas, ça va me changer de la bave des jumeaux. Viens, on va aller placoter dans mon lit.

Aussitôt la porte verrouillée de nouveau, elle guide Sonia à travers un lot de traîneries inimaginables qui couvrent le plancher du sous-sol.

— C'est à qui, ce que tu portes?

— À Ben.

— Vous avez fait un échange. Ouh! Ce qu'il doit être chou avec une minijupe!

— Ha! Ha! J'ai perdu mon linge. Chez lui.

— Je ne comprends pas. Si c'est chez lui, ce n'est pas perdu.

Sonia se laisse tomber sur le lit en soupirant.

— C'est du pareil au même. Avant que je retourne chez lui, ça risque d'être long.

— Vous vous êtes chicanés?

— Non, son père nous a trouvés… les culottes à terre.

Caroline ne rit plus du tout. Les yeux ronds, elle se mordille l'intérieur de la joue en attendant la suite. La sonnerie du téléphone, placé à même le sol près de son lit, la fait sursauter. Elle décroche immédiatement pour éviter à ses parents de se lever.

— Allô! … Oui, un instant.

Elle tend le récepteur à Sonia.

— C'est ta mère. Elle te cherche.

— Non, chuchote Sonia, j'aime mieux ne pas lui parler. Elle croit que je suis avec Ben.

— Trop tard, je lui ai déjà dit que tu es ici. Elle a l'air inquiète…

Caroline offre toujours le combiné. Sonia soupire. On ne lui donne pas le choix. C'est d'une voix faible, où perce une pointe d'irritation qu'elle répond.

— Oui, qu'est-ce qu'il y a?

— Est-ce que tu vas bien?

— Bien sûr! Pourquoi est-ce que ça n'irait pas?

— Ben vient de me rapporter tes vêtements. On se demandait où tu étais passée. Il m'a tout raconté.

Sonia se mord les lèvres. Tout, est-ce que ça signifie vraiment tout? Probablement. Autrement, comment expliquer qu'elle ait abandonné son linge sur place? Sa mère essaie de l'encourager à se confier.

— Alors? Ça va bien, tu es certaine?

— M'man, j'aimerais mieux attendre à demain avant d'en parler, dit-elle enfin après un moment d'hésitation. Est-ce que je peux rester chez Caro pour cette nuit? Ça me ferait du bien.

C'est au tour de sa mère d'hésiter. Elle préférerait être aux côtés de sa fille après une telle épreuve, mais elle ne peut la forcer à s'épancher si elle n'est pas prête. Pendant ce temps, Caroline hoche la tête vivement, le sourire engageant, et tapote son oreiller pour montrer qu'elle accepte avec joie la présence de son amie pour la nuit.

— D'accord. Tu viendras me retrouver à la pharmacie, demain. On ira dîner ensemble.

— OK. Merci, m'man. Tu es la meilleure! À dem…

— Attends, veux-tu parler à Ben? Il est à côté de moi.

— Euh… Non. Dis-lui que je vais l'appeler demain soir. Ça ne me tente pas, là. Pas tout de suite. Demain, ça va être mieux. Bye!

Elle raccroche assez rapidement pour ne pas avoir à se justifier. S'expliquer avec Benoît exigerait d'elle trop d'efforts pour l'instant. D'autant plus qu'il doit être encore en colère contre son père. Elle ne désire pas ressasser la question avec amertume, au contraire. Caroline lui offre un pyjama.

— Change-toi pendant que je vais chercher les coussins des sofas du salon pour te faire un lit. Je vais aussi avertir ma mère que je te garde à coucher. Elle ne sait même pas que tu es là.

Juste avant de sortir, elle pouffe de rire et pivote vers Sonia.

— Non, mais, il devait en faire toute une tête, le père de Ben. Me semble de le voir. Une vraie farce !

Elle quitte sa chambre d'un pas léger. Sonia écoute son rire qui s'égrène dans l'escalier. C'est pour cette raison qu'elle souhaite rester avec elle, ce soir. Pour partager dans la gaieté ce qu'elle a ressenti chez Ben. Parce que le rire contagieux de sa copine va lui permettre d'exorciser sa honte, d'amoindrir cet outrage au droit parental qu'elle est supposée avoir commis avec Ben.

Oui, elle a un besoin urgent de rire, de se tordre comme un enfant qu'on chatouille. Les réflexions sérieuses, elle les garde pour demain.

8

Stéphane jette un coup d'œil à sa montre : 11 h 04. Il lui reste encore 26 minutes de cours à donner, mais le temps s'étire interminablement. Pourtant, il a assez d'occupations pour ne pas chômer. C'est sa dernière semaine de travail. Mardi prochain, la session collégiale débute. Mais pour l'instant, il doit évaluer ses jeunes pour le fameux tournoi annuel de tennis qui se tiendra en fin de semaine.

Les enfants, stimulés par l'événement, jouent avec ardeur. La plupart d'entre eux n'ont pas un service très percutant (pas de service du tout, en fait) et leur revers manque de punch, quand il n'est pas raté, tout simplement. Mais avec des débutants, on ne peut pas s'attendre à des miracles. Il y a bien deux ou trois joueurs qui se démarquent des autres. Le petit Simon, le frère de Marilyn, par exemple. Il réussit à faire des coups droits liftés comme ceux de sa sœur, et avec de la force, en plus. Surprenant pour un si petit bonhomme ! Malheureusement, il s'épuise vite et son jeu est irrégulier, deux défauts mineurs qui disparaîtront avec l'âge.

C'est avec soulagement que Stéphane voit Caroline entrer sur le terrain. Habituellement, elle constitue un heureux divertissement. Fidèle à sa bonne humeur légendaire, elle sourit.

— Salut, le grand, tu te tournes les pouces!

— Jamais de la vie, je suis un forcené du travail exemplaire. Ça tombe bien que tu sois venue ici, je voulais te demander quelque chose.

— N'importe quoi, mon chou! Tu sais que je suis toute à toi!

Stéphane et Caro se connaissent suffisamment pour se permettre de se traiter aussi familièrement sans que cela porte à confusion. Ils sont sortis ensemble pendant un an (11 mois et 22 jours, plus précisément) et la cassure n'a blessé ni l'un ni l'autre. Fait rare, ils sont demeurés bons amis, leurs deux cœurs ayant trouvé, chacun de son côté et en même temps, une flamme plus attirante. Donc, personne ne s'est senti délaissé.

— Est-ce que ça te tenterait de faire équipe avec moi pour le mixte au tennis?

— Es-tu tombé sur la tête? Après le fiasco qu'on a fait l'an dernier, tu n'as pas encore compris que je joue comme un pied!

— Tu joues bien. N'exagère pas.

— Je n'ai même pas sorti ma raquette du placard, cette année… Oh, non, ça ne me le dit pas. Tiens, pourquoi tu ne prendrais pas ton admiratrice la plus fidèle? Celle qui ne t'a pas lâché des yeux depuis le début de l'été…

— De qui tu parles?

— Oh, les garçons! Ça joue aux aveugles! Tous les jours, elle est assise à la même place et elle s'extasie, discrètement, devant ton jeu, ton habileté

132

à donner des cours, tes belles cuisses poilues. Je parle de Miss Draperie en personne!

— Caro! Ne parle pas comme ça. Elle a un nom, cette fille-là.

Caroline saisit immédiatement qu'elle a touché un point sensible. Stéphane, pourtant toujours prêt à se moquer de tout, montre une attitude un peu trop teintée de respect. Il y a anguille sous roche et amour inavoué sous voile.

— Marilyn, d'abord. C'est la championne de l'école. Si tu veux une vraie bonne joueuse, c'est elle le meilleur choix.

— Elle n'a pas touché à une balle de l'été, lui fait-il remarquer en haussant les épaules.

— Tu lui as demandé et elle a refusé? Bon, bien, dans ce cas-là…, invite-la au cinéma, si tu tiens tant que ça à sortir avec elle.

— Caro!

— Un petit tour de moto, à la place? Ou un repas au restaurant? Je ne sais pas, moi! D'habitude, ce ne sont pas les idées qui te manquent quand tu veux conter fleurette à une fille.

— Je n'ai jamais dit que je voulais…

— Pas nécessaire! C'est écrit dans ta face. Et je sais lire! Mais c'est correct: j'ai compris que ça ne me regarde pas. Changement de sujet. Tu es un beau cachottier, toi!

Elle est plantée devant lui, les mains sur les hanches, un éclair malicieux dans les yeux. Stéphane ignore complètement de quoi il est question. Qu'est-ce qu'elle lui reproche en s'amusant?

— Viens ici que je t'embrasse, mon héros!

Sans lui laisser le temps de se défendre, elle l'attrape par le cou (en se levant sur la pointe des pieds) et lui plaque un baiser sonore sur chaque joue.

— C'est de la part du petit garçon que tu as sauvé du feu.

Stéphane rougit, blêmit, se dégage nerveusement. Il lance un regard à Marilyn assise dans les gradins. A-t-elle vu le geste de Caro?

Non, elle est absorbée par la lecture d'un livre. Il se retourne et reporte son attention sur Caroline. Elle sait tout, c'est évident.

— Qu'est-ce qui te fait dire que j'ai quelque chose à voir là-dedans?

— Ah! C'est mon secret. J'ai des informateurs partout. Et puis, est-ce qu'ils vont te donner une médaille pour ça?

— Non, ils vont me foutre en prison! Stie!

La réponse a fusé, sèche et déprimée. Le visage de Caro redevient sérieux, incrédule. Elle a dû manquer une explication.

— Il y a des policiers qui s'imaginent que c'est moi qui ai fait le coup. Moi, un pyromane! Elle est bonne, hein! Je n'arrête pas de la rire! Maudit bâtard de merde!

Pour la première fois depuis qu'elle le connaît, Caro assiste à un véritable accès de colère de son ami. Il enrage. Son innocence, évidente à ses yeux, lui apparaît néanmoins difficile à prouver. Porter le blâme pour d'autres est une injustice inacceptable. Tout le ressentiment qui lui mord les entrailles refait surface. Soudainement, il éprouve le besoin urgent de se confier à Caroline. Pendant que celle-ci l'écoute attentivement, la porte du terrain de tennis s'entrebâille pour laisser passer une sombre silhouette.

Rachida, vêtue d'un voile et d'une tunique bleu marine, se glisse jusqu'aux gradins, trop heureuse d'échapper à la vigilance du moniteur. Elle ne peut plus supporter ses remarques narquoises. Pourtant, elle doit parler de toute urgence à Marilyn.

— Voilà, j'ai apporté le texte.

— Ah! Déjà!

Le manque d'enthousiasme de Marilyn n'échappe pas à son amie. Celle-ci pince les lèvres avant de rétorquer :

— Tu ne vas pas reculer, maintenant! Nous étions d'accord, la semaine dernière. Mon frère a pris tous les arrangements nécessaires. Nous y allons tout de suite, ils t'attendent.

— Tout de suite! Mais c'est impossible. Tu le sais bien. Mon frère…

— Il peut revenir à la maison tout seul pour une fois.

Il le pourrait toujours, évidemment, mais Marilyn, elle, n'a pas tellement envie de suivre Rachida. Ce qui la tentait, il n'y a pas si longtemps, la rebute aujourd'hui. Malheureusement, elle ne sait comment l'annoncer. Aussi, son obligation envers son frère est une excuse qui tombe à point nommé.

— Mes parents ne me le pardonneraient pas. Je ne peux quand même pas leur désobéir.

— Avec des parents comme les tiens, un jour, ce sera pourtant la seule solution.

Marilyn baisse les yeux et fixe ses souliers. Si elle persévère dans la voie où elle s'est engagée, il est effectivement plus que probable qu'un jour ou l'autre elle devra défier leur autorité, repousser leur affection. L'application stricte des paroles du prophète ne lui laissera pas le choix puisque ses parents les interprètent d'une façon plus « moderne ». La discussion d'hier soir avec son père précisait clairement son point de vue là-dessus.

Marilyn porte son regard sur la feuille que Rachida lui a donnée. C'est un petit discours qu'elle doit réciter devant une caméra Web. L'enregistrement est destiné à un oncle de Rachida qui vit en Algérie et servira à promouvoir la foi islamique auprès des jeunes filles. Le but est de montrer que, même à l'extérieur des pays musulmans, les croyantes sont tellement ferventes qu'elles portent le *hijab* et se soumettent aux enseignements du Coran. Le texte, sûrement dicté par les parents de Rachida, est très clair dans ce sens. Il vise aussi à culpabiliser les femmes qui se promènent dans les rues d'Alger sans voile.

C'est là où le bât blesse! Personne n'a obligé Marilyn à le porter. C'est venu d'elle, parce qu'elle pensait que c'était la meilleure chose à faire. Tandis que cet éloge des vertus féminines ressemble à un tordage de bras psychologique. Et ça la répugne. Ce serait comme admettre que sa mère n'est pas quelqu'un de bien parce qu'elle refuse le *hijab*.

Perturbée par ses réflexions, elle se creuse le cerveau pour trouver une raison de repousser l'échéance.

— Écoute... c'est assez long à lire. Ce serait peut-être mieux si je prenais le temps de l'apprendre. Si je bafouille, ça va paraître que ça ne vient pas de moi. Ça n'aura pas l'air naturel. S'il n'y a rien qui presse, on pourrait remettre à demain ou à plus tard. Ça me donnerait la chance de m'organiser pour mon frère. Parce que, vraiment, je ne peux pas le laisser...

Rachida, irritée par les hésitations de Marilyn, lui arrache la feuille des mains.

— Je vois! Tu refuses de le faire à cause de tes parents, n'est-ce pas? Mais n'as-tu pas compris? Il faut que tu coupes les ponts avec eux.

— Tu veux que je quitte ma famille? Et pour aller où? Et faire quoi?

Rachida s'assoit près d'elle et parle à voix basse comme quelqu'un qui complote.

— Créer ta propre famille! J'ai un cousin qui habite en Algérie. Il désire épouser une femme qui connaît l'Amérique du Nord et qui serait une preuve vivante de l'avancement de l'islam dans le monde. D'après ma famille, tu serais parfaite. Toi qui veux tant connaître ton pays d'origine, ton souhait serait comblé. En te filmant sur la caméra Web, ça servirait aussi à ce qu'il te voie avant de donner son accord à l'arrangement.

Marilyn en a le souffle coupé. Sans lui demander son avis, dans son dos, on planifie son avenir, sa vie, son mariage, ses amours. Quelque chose en elle éclate, se révolte. Elle s'écrie, sans y penser :

— C'est ça, il veut vérifier si la marchandise en vaut la peine ! Qu'est-ce que je suis, moi, dans ce marché-là ? De la chair à mari ?

— Ne te fâche pas !

— Facile à dire, ce n'est pas toi qui es en cause ! Personne ne m'a consultée. Je n'ai jamais dit que je voulais me marier à tout prix. Tu sauras que je peux me trouver un homme toute seule.

Rachida plisse les yeux.

— Ta vie en Occident t'a corrompue. Enfin… si tu redeviens raisonnable et que tu changes d'idée, appelle-moi avant vendredi matin. Après, je ne serai plus là, plus jamais. Je pars pour Toronto.

Elle se lève et fait quelques pas. Marilyn a des remords de la laisser s'éloigner ainsi. Elle la rattrape.

— Est-ce que vous déménagez ?

— Seulement moi. Je me marie, samedi. À quelqu'un de très bien, qui fait de bonnes affaires là-bas.

— Ce n'est pas vrai ! Tu ne m'as jamais parlé de ça ! Je ne l'ai jamais vu. Tu aurais pu me le présenter.

— Il est trop occupé pour venir à Montréal. Mais c'est sans importance. C'est décidé depuis longtemps, mes parents sont prévoyants. Ils ne pouvaient pas prendre le risque que je tombe dans les mains de n'importe qui. Ils ont fait les arrangements pour moi. Pour toi, il n'est pas encore trop tard. Si ça t'intéresse, tu peux m'écrire un courriel, ma famille t'aidera. Salut !

Elle lui tourne le dos et quitte le terrain. C'est à ce moment que Stéphane s'aperçoit de sa présence. Tout en continuant de parler avec Caroline, il suit des yeux la musulmane qui va rejoindre un jeune homme et s'éloigne avec lui en se tenant à distance raisonnable. Stéphane s'interrompt au milieu d'une phrase. Le compagnon de Rachida venait de descendre d'une voiture par la portière arrière. Une familiale beige et brune!

— C'est l'auto… c'est celle-là! Je la reconnais!

Sans prendre garde à quoi que ce soit, il se précipite vers la clôture qui borde le court de tennis. Il manque de renverser une fillette au passage, il perturbe le jeu d'un petit garçon qui se met aussitôt à crier après lui. Il s'en moque. Une seule chose le préoccupe : lire la plaque d'immatriculation de l'automobile. Agglutiné contre la grille, il mémorise les numéros avant que la voiture ne disparaisse au coin de la rue. Puis, il s'avance vers Marilyn qu'il aborde sans manières.

— Hé! C'est qui ce gars-là? Est-ce que c'est son auto?

Marilyn hausse négligemment les épaules. Cela lui importe si peu. Elle a plus grave à réfléchir qu'à une vieille bagnole et à son propriétaire. Elle répond néanmoins :

— C'est un cousin de Rachida, mais ce n'est pas sa voiture. Elle appartient à des amis à lui. Des gens que je ne connais pas vraiment. Je les ai juste croisés à la mosquée.

— Sais-tu leurs noms?

— Je n'en ai aucune idée et je m'en fous!

Stéphane pivote sur ses talons et bouscule presque Caroline qui l'avait suivi. Il sort son cellulaire et s'éloigne en vitesse pour parler de manière plus privée. Il doit absolument contacter l'inspecteur qui s'occupe de l'enquête sur l'incendie.

À Marilyn, qui affiche le plus grand étonnement devant l'attitude de l'adolescent, Caroline offre son meilleur sourire.

— Je pense qu'il était pressé, hein! Bon, bien…

Elle ajoute en se tournant vers les enfants:

— Les mousses! Le cours est fini! Votre moniteur n'en pouvait plus, il vous donne congé. On ramasse les balles avant de partir!

C

Je me déteste! Je me déteste! Je me déteste! Comment ai-je pu être aussi débile? Je me suis laissée avoir sur toute la ligne.

Marilyn mordille rageusement son crayon. Elle parvient difficilement à faire le point à cause de l'agitation désordonnée de ses pensées. Alors, aussi bien tout jeter pêle-mêle sur le papier. Elle y verra plus clair ensuite.

Oui, j'ai marché tête baissée, c'est le cas de le dire. Une vraie marionnette entre leurs mains. Et je n'ai rien vu! Dire que je me suis toujours crue intelligente… Pauvre idiote! Pourtant, j'y croyais tellement. Je ressentais un tel besoin de spiritualité que je ne pouvais pas faire les choses à moitié. Comme d'habi-

tude! Ma fameuse recherche d'un principe supérieur et d'une morale irréprochable n'était que du tape-à-l'œil ne servant qu'à tromper les gens! Moi la première!

Pauvre papa, je lui ai tout mis sur le dos. Ça devenait plus facile ainsi. Il me fallait un coupable pour l'indifférence religieuse qui m'avait habitée jusqu'à ce que je rencontre Rachida et que je me lie d'amitié avec elle, à la fin d'avril. C'était si simple d'accuser mon père de m'avoir détournée de l'islam, simple, mais totalement faux. Lui aussi, il professe l'indifférence. Non, il est plutôt philosophe. En vieux sage, il regarde les choses aller et sourit du coin des lèvres devant la bêtise humaine. Ses commentaires sur l'ange Gabriel le prouvent bien. Et je ne suis pas loin de croire qu'il n'a pas tout à fait tort de ne pas s'impliquer davantage. Ce sont ceux qui foncent aveuglément, comme moi, qui commettent les pires gaffes. Il a raison, j'allais tout foutre en l'air. Pourquoi devrais-je me couper du monde pour suivre une idéologie rétrograde?

Au fond, Mahomet, Jésus, Moïse ou Abraham (paix sur eux) vivaient à des époques reculées. Ils font tous partie de l'Antiquité, d'un autre monde en tout cas. Moi, je vis dans le vingt et unième siècle. L'an 2009! 2010, 2011... On ne peut pas arrêter le temps, ni le progrès et encore moins l'évolution. Ce qui paraissait inconcevable en l'an 632 est aujourd'hui normal et acceptable. Impossible d'empêcher la Terre de tourner et l'humanité de se développer. Alors, pourquoi moi, petit être insignifiant dans l'immensité de l'Univers, devrais-je le refuser?

J'ai regardé le ciel et les étoiles, tout à l'heure. Comme ont dû le faire mes ancêtres, il y a mille ans et plus. Pas exactement comme eux, non. Ils scrutaient la Voie lactée en espérant que Dieu, Yahweh ou Allah descende vers eux ou leur envoie un messager pour les guider dans leur vie. Moi, je songeais aux navettes spatiales, aux satellites que l'Homme a réussi à y projeter.

Mon univers est indéniablement plus grand que le leur. Anciennement, ils étaient limités dans leur village, leur vie, leurs moyens de transport. Tandis que maintenant on repousse de jour en jour les bornes de nos connaissances, de notre acceptation d'autrui et des confins de l'Univers. On n'attend plus qu'une divinité supérieure nous accorde des miettes de bonheur, d'autonomie, de conscience. On cherche, on explore, on va au-devant, on ne craint pas de raisonner.

Et nous ne sommes pas plus mauvais pour autant! Au contraire. Si on se fie à la Bible, les meurtres, les guerres, les génocides, en plus d'être monnaie courante, devenaient même bénéfiques pour la survie du peuple de Dieu. Et que dire du djihad, la guerre sainte islamique qui visait, il y a plus de mille ans, à propager l'islam? Une telle attitude est-elle souhaitable aujourd'hui? J'en doute. C'est cependant ce qu'on essayait de me faire croire dans la famille de Rachida et à la mosquée où ils m'emmenaient. Lutter, toujours lutter contre les ignorants, les infidèles. Ne pas les accepter, quoi! Leur reprocher constamment de croire en autre chose, d'avoir des valeurs différentes et finalement… les mépriser.

Misère! Suis-je vraiment allée jusque-là? Suis-je devenue un être intolérant envers son prochain? Oui, probablement. Quand on prend position aussi fermement que je l'ai fait, on rejette les idées des autres et les gens du même coup. J'avoue, je suis coupable d'intolérance, de fanatisme... Je ne trouve pas de meilleurs mots pour exprimer mon attitude. J'ai voulu provoquer, pire, rejeter les gens. Leur montrer que j'étais une bonne croyante et eux, des mécréants.

En me dissimulant sous mon hijab, j'estimais me rapprocher d'Allah, mais je n'ai réussi qu'à m'éloigner de ma famille, de mes amis et de la réalité. Pierre par pierre, j'ai érigé un mur autour de moi, m'isolant complètement pour me protéger du monde extérieur. Me protéger de quoi? J'aimerais bien le savoir! Des non-croyants? De ceux qui pensent différemment? C'est ça, de la différence! De tout ce qui ne concorde pas point pour point avec l'islamisme pur et dur. Alors, j'ai accepté de me retirer dans une prison : celle des yeux baissés et des bouches closes... celle de la soumission.

Ça m'agaçait déjà depuis un bon moment. Chaque fois que j'entrais dans la maison de Rachida, j'éprouvais un choc culturel. Sa mère, ses tantes, sa sœur ne parlent que pour soutenir l'opinion des hommes. Elles hochent la tête à tout ce qu'ils disent, ne les contredisent jamais et, surtout, n'affrontent pas leur regard. Tandis que, chez moi, ma mère ne se gêne pas pour nous laisser savoir ce qu'elle pense. Elle cause d'égale à égal avec mon père. Ça a déjà tourné en dispute verbale, mais je les ai toujours vus se réconcilier. Et ça vaut le spectacle! De l'amour, voilà ce qu'ils vivent. Passionnément, même après vingt ans de mariage. Ils s'acceptent avec leurs différences. Et moi, je ne serais pas capable d'en faire autant?

J'irais m'emmurer vivante dans des idées étroites et discriminatoires? Non, je n'ai pas besoin de ça pour être une bonne musulmane. Allah ne peut pas en demander autant.

Allah… mon père a bien raison. Un seul dieu et trois religions. Qu'est-ce que je dis là, trente-six mille religions! Les catholiques, les protestants, les orthodoxes, les baptistes, les mormons, les témoins de Jéhovah, les juifs, les hassidim, les sunnites, les chiites… et j'en passe. Ils sont fous, les hommes. Ou plutôt non, ils sont tout bonnement diversifiés. Chacun imagine la vérité divine avec son bagage culturel. Et tant qu'on ne se bat pas pour imposer de force sa vision aux autres, il n'y a pas de mal. Il suffit d'accepter que chacun ait sa propre opinion.

Malheureusement, ce n'est pas ainsi que les choses se passent. Quand on s'engage à fond dans une religion, on devient possessif et exclusif. Dieu n'appartient qu'à nous. La vérité absolue aussi.

Et c'est dans cette voie abusive que je m'apprêtais à m'engager. Je m'en veux, je m'en veux… et j'ai peur!

Parce que je les connais bien, je sais qu'ils n'accepteront pas aussi facilement que je retire mon hijab. D'après eux, on peut choisir de le porter, mais on n'a jamais le choix de l'enlever. C'était un choix définitif, pour toujours. Mais qu'est-ce qu'on fait quand on en a assez de se plier à leurs règles contraignantes? On change de vie? On disparaît en espérant qu'ils ne nous retrouvent pas? J'ai peur rien qu'à songer à la façon dont ils vont me harceler. Comment faire pour passer inaperçue, pour qu'ils oublient que j'existe?

J'ai peur et j'enrage en même temps. Quand je pense qu'à cause de Rachida, de sa famille, de leurs amis, j'ai perdu quatre mois de ma vie! Quatre mois à régresser. Mon été est à l'eau. À la place, j'aurais pu...

Marilyn hésite à poursuivre. Ce qu'elle allait écrire n'est peut-être qu'une illusion. Elle ne possède aucune preuve tangible qu'il l'aime. Il lui parlait régulièrement, presque tous les jours, à vrai dire, mais ça ne signifie rien. Il l'a aussi invitée au tournoi de tennis, mais il ne cherche qu'une partenaire pour une compétition où elle a toujours excellé. On ne peut pas s'accrocher à un rêve. Elle l'a cruellement appris à ses dépens, ces derniers temps. Elle est bien décidée à ne pas refaire la même erreur deux fois. Mieux vaut oublier cette idée. Elle ajoute trois mots dans son journal intime.

... jouer au tennis!

Elle esquisse un geste pour fermer le cahier, mais elle se ravise pour écrire encore quelques lignes.

Pauvre Rachida! Malgré tout ce qu'elle a fait pour m'entraîner sur le chemin de l'intolérance, je ne parviens pas à lui en vouloir. Elle n'est coupable de rien. Au contraire, c'est une victime, plus ou moins consentante, de ces lois de la soumission. Toute sa vie, on lui a appris à baisser la tête, à obéir sans jamais avoir le droit de se rebiffer. Elle est incapable d'imaginer vivre autrement. Et même si elle en avait le désir, lui en laisserait-on la possibilité? J'en doute. J'en suis attristée pour elle. J'espère de tout cœur que le monde dans lequel elle vivote évoluera et lui permettra de s'épanouir pleinement.

9

Stéphane respire enfin. Depuis dimanche soir, sa vie s'était transformée en enfer. Il déteste jouer les boucs émissaires, c'est un rôle qu'il supporte difficilement. Mardi, lorsqu'il a téléphoné à l'enquêteur, il s'est rendu compte qu'il n'était pas le seul sur la liste des suspects. L'officier de police ne lui a évidemment pas tout dit, mais il a laissé entendre qu'il suivait une autre piste et que l'information que Stéphane lui apportait (le numéro d'immatriculation de la voiture) pourrait peut-être l'aider.

Aujourd'hui, samedi matin, le journal lui donne la confirmation de son innocence. Les policiers ont procédé à l'arrestation du propriétaire du véhicule et à celle d'un homme qu'il cachait chez lui. Ce dernier, un terroriste intégriste, était activement recherché par les autorités. Dans son article, le journaliste relate l'incendie en expliquant qu'il s'agissait bien d'un acte criminel qui a failli coûter la vie à un enfant. Le feu, déclenché grâce à de l'essence, a pris naissance dans un local loué par un groupe de fanatiques radicaux (dont les deux présumés coupables étaient membres) pour y tenir des réunions.

Selon des sources officielles, la Sûreté du Québec enquêtait déjà depuis un certain temps sur les agissements du groupe. La police soupçonne les membres de cette organisation d'être les auteurs de nombreux courriels de menace visant l'Europe dernièrement. On ignore encore les motifs qui les ont incités à mettre le feu. Peut-être y a-t-il eu dispute dans le groupe? Ou encore, se sachant poursuivis par les policiers provinciaux, ont-ils préféré éliminer des preuves?

À la fin de l'article, un chef religieux musulman interrogé par le journaliste a tenu à préciser que le mouvement intégriste est politique et non religieux. Il a même ajouté: «Nous vivons un nouveau type d'inquisition. Ce n'est pas de l'islam, c'est de l'intégrisme. Le plus beau cadeau que l'on puisse faire aux intégristes, c'est de confondre la religion musulmane et leur propagande terroriste. L'arrestation de ce terroriste est une bonne chose pour les musulmans puisque cela renouvelle notre espoir en la justice et en la paix.»

De son côté, ce qui réjouit Stéphane, c'est la fin de son cauchemar. Maintenant, on ne peut plus l'accuser d'être pyromane. Il n'a strictement rien à voir dans ce crime. Ça vaut la peine de téléphoner à Caro pour lui annoncer la bonne nouvelle. Ensuite, il se rendra au parc. Le tournoi débute ce matin. Et Stéphane se sent en grande forme.

Caro a à peine raccroché le téléphone que celui-ci sonne de nouveau. Elle passe ainsi de Stéphane à Sonia. D'un garçon qui pète le feu, prêt à abattre son adversaire au tennis à une fille chagrine qui cherche une oreille pour se confier, quelqu'un pour lui remonter le moral, quoi!

— Ce que tu peux voler bas, Sonia! Brasse-toi un peu!

— Ce n'est pas ma faute. Je ne parviens pas à passer par-dessus. Je n'aurais jamais dû céder!

— Céder! Elle est bonne, celle-là! Depuis le début de l'été, tu n'arrêtais pas de dire que ça vous tentait, à tous les deux, que vous cherchiez seulement une place pour le faire. Ce n'est pas parce qu'il est arrivé un petit pépin que tu dois tout lui mettre sur le dos. Ce n'est pas sa faute, à Ben, si son père vous a surpris.

— Je le sais, mais… C'est embêtant. Je n'ose plus aller chez lui. Je n'ai pas envie de rencontrer son père. J'aurais trop honte. Si au moins il ne s'était pas fâché autant. C'était terrible de les entendre se chicaner.

Caroline soupire. Ce discours, elle l'a entendu une vingtaine de fois, au minimum. Sonia est trop sensible. Elle fait une montagne avec un grain de sable. La plupart du temps, les pères, ça parle fort, sans mordre pour autant. Mais comment Sonia le saurait-elle? Lorsque son père est mort, elle n'avait que trois ans et personne ne l'a remplacé. Le problème, c'est que la mère de Sonia, qui se montre habituellement très compréhensive, n'a pas apprécié l'écart de conduite de sa fille.

— T'es-tu réconciliée avec ta mère? s'informe Caro.

— Oui, oui, de ce côté-là, c'est mieux. Mon frère a pris ma part. Il a surtout beaucoup ri de moi. Je ne lui en veux pas, ça rend l'atmosphère moins lourde, à la maison. J'ai même surpris maman à sourire à une de ses niaiseries. J'ai bon espoir qu'elle va me pardonner ou, au moins, arrêter de dramatiser.

— Bon, tout n'est pas perdu! Tu vois que ça s'arrange. Et Ben, tu lui as parlé?

— Non, ronchonne Sonia malgré elle. Ça ne me tente pas.

— C'était quoi le plus terrible : que son père vous tombe dessus à l'improviste ou sa piètre performance dans votre petit jeu?

Sonia reste silencieuse. Elle n'a pas encore réellement parlé de ce dernier point. Il semble que Caro soit plus perspicace qu'elle l'imaginait.

— Ben était correct. C'est juste que… que ça m'a laissée un peu déçue, froide. Ça m'énervait tellement que je n'ai rien senti. J'avais seulement envie de pisser, toutes les deux minutes. C'était fatigant! Je passais mon temps à me promener de la toilette au lit. Plus je m'énervais, plus j'étais crispée. Lui, ça ne le dérangeait pas. Il a fait… ce qu'il avait à faire. Il a eu l'air d'aimer ça. Tandis que moi… Ça aurait peut-être pu mieux marcher si on avait eu la chance de recommencer. Malheureusement, on s'est fait couper le désir d'une manière assez radicale, merci. Et là, je n'ai plus le goût. Pas pour tout

150

de suite, en tout cas. Je ne sais pas comment le dire à Ben. Il va s'imaginer que c'est sa faute.

— Ouais, c'est embêtant. Oh! Attends, j'ai quelqu'un sur l'autre ligne… Oui, allô!

— Caro, faut que je te parle.

L'adolescente fige un instant en reconnaissant la voix de Benoît. Se doute-t-il qu'elle est déjà au téléphone avec Sonia? S'il a essayé de la joindre, c'est possible.

— Ça a l'air important.

— Oui, es-tu libre ce midi? J'aimerais qu'on se rencontre au restaurant Chez Fimo. S'il te plaît, c'est vraiment très important.

— OK, je serai là. À tantôt.

Elle revient à Sonia, convaincue que c'est de cette dernière que Ben veut discuter ce midi. Cette rencontre aidera peut-être son amie à reprendre le contact avec lui. Elle se garde de révéler à Sonia qu'elle a rendez-vous avec son chum. Sa copine n'apprécierait probablement pas son initiative.

— Bon, de quoi on parlait?

C

Benoît est déjà installé à une table lorsque Caroline entre Chez Fimo. Quand elle s'assoit devant lui, il lui demande tout en faisant signe à la serveuse de s'approcher :

— As-tu mangé? Je t'invite.

— Ce que tu es fin! Il y a une éternité qu'on ne m'a pas invitée à dîner. Dans ce cas, je vais prendre une coquille Saint-Jacques pour débuter, ensuite des queues de homard à la crème et pour finir un gâteau forêt noire. C'est mon préféré.

— Charrie pas. Le spécial du jour, c'est le pâté chinois ou le macaroni gratiné.

— OK, d'abord, je vais me contenter des nouilles. Avec un coke diète, si ce n'est pas trop cher pour tes moyens.

— Pas de problème, la boisson est fournie avec le menu du jour. Le Jell-o aussi. La même chose pour moi, ajoute-t-il à l'intention de la jeune fille en tablier qui note la commande en souriant.

Il attend qu'elle s'éloigne pour redevenir sérieux. Visiblement mal à l'aise, il ne sait par où commencer la conversation. Caro lui donne un coup de pouce, jouant à l'innocente.

— Comment va Sonia?

— Tu le sais très bien, elle passe son temps au téléphone avec toi. Moi, elle ne m'a pas dit deux mots depuis… l'autre soir. J'imagine qu'elle est embêtée par ce qui s'est produit. Je la comprends de ne pas chercher à me parler. C'était assez gênant pour elle.

— Pas juste pour elle, pour toi aussi, non?

— Oh, moi! J'ai l'habitude de m'engueuler avec mon père. Il finit toujours par se calmer. Il y a longtemps que ça ne m'énerve plus. J'ai appris à vivre avec. Et je n'ai pas tellement le choix. Avec son handicap, il a besoin de mon aide.

Il se tait, le temps que la serveuse dépose les boissons sur la table.

— Mon père... il a le don de dramatiser. Il ne comprend rien aux filles. De toute façon, il n'a jamais eu le tour avec les femmes...

Caro ne sait trop comment interpréter cette affirmation. Elle ne peut imaginer monsieur Ladouceur autrement qu'en homme vivant seul, sans femme ni maîtresse. Et Ben n'a jamais dit un seul mot sur sa mère. Est-elle morte, disparue ou divorcée? Caroline n'en a pas la moindre idée. Aussi, attentive, elle fixe Ben dans l'espoir d'en apprendre davantage.

— Oh! Et puis, merde! Je ne t'ai pas invitée pour chialer là-dessus.

Caro, déçue, baisse le nez sur son verre. Les grandes révélations ne sont pas à l'ordre du jour. Puisqu'il faut se limiter à parler de Sonia, allons-y!

— Ne t'inquiète pas pour ta blonde! Elle t'aime. Elle est juste toute croche en dedans. Tu sais, la première fois pour une fille, ce n'est jamais évident. Crois-moi, ce n'est pas pour rien que je passais mon temps à dire non à Stéphane. En tout cas, pour revenir à Sonia, elle...

— Laisse tomber, l'interrompt assez brusquement Ben. Pour le moment, ce n'est pas elle qui m'intéresse.

Les yeux de Caro s'arrondissent. Ben ne va quand même pas lui révéler qu'il n'aime plus Sonia. Ce serait la fin du monde, le grand séisme, la catastrophe nationale. Bref, ça n'aurait aucun sens. Il l'a toujours adorée. Et Ben n'est pas du genre à changer de fille comme on change de chemise. Alors, qui l'intéresse? Sûrement pas elle-même! À cette idée, Caroline se retient pour ne pas pouffer de rire. Elle cache son regard amusé en tirant une longue gorgée sur sa paille.

— Toi et moi, faut qu'on discute de Max.

La liqueur se coince dans le gosier de Caroline qui passe près de s'étouffer. Elle n'a plus du tout envie de rire. Elle demeure néanmoins rivée sur sa paille pour gagner du temps.

— Tu as très bien compris, Caro. Je veux savoir! Ne fais pas semblant de te cacher dans ton verre.

Elle relève lentement la tête. Des yeux, elle cherche une porte de sortie, quelque chose à dire, n'importe quoi, pour ne pas aborder le sujet.

— Euh!... Le dîner est prêt.

Effectivement, la serveuse leur apporte leur repas. Ben attend, sans impatience apparente, qu'elle retourne à ses autres clients. Il se donne même la peine de goûter.

— Délicieux! C'est toujours excellent, ici. C'est à ton goût?

Caroline, qui se borne à picorer dans son assiette, approuve néanmoins. Tout pour reculer l'échéance. Mais c'est compter sans l'entêtement de Ben.

— Tu es la seule qui peut me renseigner. Tu le sais, je suis convaincu que tu es au courant. Le contraire est impossible.

— Euh... Savoir quoi?

— Ne fais pas l'innocente, OK. Je suis peut-être débile de ne pas avoir fait le lien avant, mais

154

toi, tu es assez vite d'habitude. Et puis, avec Marie-Ève que tu gardes depuis le début de l'été, tu ne dois pas ignorer grand-chose. Est-ce que je me trompe?

— Je... Qu'est-ce que tu attends de moi, exactement? Que je te raconte leur vie! Du biberon jusqu'à...

— Tu peux sauter des détails. Non, seulement ce qui a rapport avec moi, avec mon père.

Caro se mord les lèvres. Jouer au délateur ne lui plaît pas vraiment. Elle a l'impression de troquer des renseignements contre un bon repas. Ben se rend-il compte qu'il essaie de la soudoyer? Une dénonciation contre un macaroni. Ça fait combien de mots pour une nouille? Il ne lui laisse pas le temps de se rebiffer davantage.

— Écoute, Caro. Je voudrais tellement me tromper, mais la dernière fois que j'ai vu Max, j'ai réalisé que... Enfin, c'est plein de questions dans ma tête. Non, mais, ce que j'ai pu être idiot de ne pas penser à ça avant. Langlois, Robert Langlois, qu'il s'appelait le fou qui a tiré sur mon père lors du hold-up de la quincaillerie. Le même nom de famille que Maxime. Un type qui habite dans le Faubourg, comme Maxime. Et qui, presque tout de suite après le vol, meurt dans un accident de voiture, pas loin de la voie ferrée. Évidemment, je viens juste d'apprendre la mort du père de Max. L'avoir su à ce moment-là, je me serais peut-être aperçu que c'était le même homme. J'ai raison, hein?

— Si je dis oui, qu'est-ce que tu vas faire?

Ben dépose sa fourchette et appuie le menton dans sa main, le coude sur la table. Il hausse les épaules, déprimé.

— Rien. Qu'est-ce que tu veux que je fasse? Son père est mort, le mien est vivant. Handicapé, mais *mauditement* vivant. Penses-tu que… que c'est pour ça que Max a voulu se suicider au printemps?

— Pas du tout!

Elle est certaine que les deux événements ne sont pas reliés. Mais elle ne désire pas expliquer à Ben qu'il ne s'agissait pas d'une tentative de suicide, mais d'un accident scientifique. Une expérience qui a mal tourné et qui a presque tué Maxime à la suite d'une idée folle, celle de voyager dans le temps.

Heureusement, d'après Marie-Ève (la meilleure source de renseignements qui existe au monde), Maxime a prudemment mis de côté ses recherches.

— Je n'ai pas l'impression que ça a un rapport. Max n'aimait pas beaucoup son père. Pas assez en tout cas pour être traumatisé par sa mort. Au contraire, je pense qu'il s'est senti libéré. Et puis, son supposé suicide, c'est juste des racontars. Personne ne le sait vraiment pourquoi il est allé à l'hôpital. Il est peut-être rentré là pour une appendicite aiguë, cherche!

Ben soupire, l'air désenchanté.

— Ouais… peut-être bien. N'empêche que… à la pharmacie, l'autre jour, il donnait l'impression d'être pas mal bouleversé. C'est seulement après que je me suis aperçu qu'on ne s'était pas parlé depuis que j'ai lâché l'école. Il a dû s'imaginer que je lui en voulais. Il était convaincu que je savais que son père était mort. Le pire, c'est que je lui ai demandé comment ça allait avec son père! Des fois, on en dit, des sottises, sans même s'en rendre compte. Il a sûrement pensé que je le niaisais ou que je voulais l'écœurer.

— Bien non! Il le sait, que ce n'est pas ton genre. Et ce n'est pas en radotant là-dessus que tu vas changer quelque chose. Tu serais mieux de t'occuper de ta blonde. Elle, elle a besoin de toi!

— Comment ça?

L'inquiétude vient d'envahir les traits de Benoît. Sonia, sa belle Sonia a besoin de lui. Évidemment, il se doute bien qu'elle doit être un peu chavirée par les derniers événements, mais pas à ce point. Est-elle fâchée contre lui? Lui en veut-elle d'avoir mal planifié leur soirée? Elle ne désire quand même pas casser!

— Pas de panique! le calme Caro. Elle n'est pas au bord de la dépression, mais c'est sérieux. C'est sûr que la visite surprise de ton père n'a pas arrangé les choses, mais...

— Pas arrangé les choses! Minute, là! Tu sauras qu'avant qu'il se pointe, justement, c'était très bien. De quoi tu te mêles, merde? Attends que je lui parle, à Sonia. Et puis non, je n'attends pas.

Il se lève, va payer à la caisse et sort en coup de vent. Caro se retrouve seule à table, deux assiettes de macaroni à moitié pleines devant elle. Elle est consciente qu'elle vient de gaffer, mais ne ressent aucun remords. Les garçons s'imaginent tout le temps qu'ils sont parfaits. Et puis, c'est tant mieux si son intervention pousse dans le dos de Sonia pour qu'elle s'explique avec Ben. Caro commence à en avoir assez de jouer aux confidentes et de réconforter son amie pour un problème qui pourrait se régler si facilement. En parlant avec la bonne personne. Que Sonia et Ben se débrouillent ensemble!

Caroline termine son repas en dégustant chaque bouchée. Finalement, le célibat, ça a du bon. On n'a pas à entretenir une conversation la bouche pleine.

C

Sonia prend une grande inspiration avant d'ouvrir la porte. Elle sait que la confrontation avec Benoît est inévitable. Il va falloir qu'elle s'explique.

— Salut, dit-elle d'une voix douce, sans toutefois se ranger pour le laisser passer.

— Ça va? demande Ben, alarmé par l'attitude réticente de sa blonde. Je peux entrer?

— Je préférerais pas.

— Je vois, ta mère est là.

— Non, je suis toute seule. J'aimerais mieux qu'on se parle dehors. On va se promener, d'accord?

Benoît est de plus en plus inquiet. Ça n'augure rien de bon pour lui. Néanmoins, il se contente de hocher la tête et attend patiemment pendant qu'elle verrouille la porte d'entrée. Sur le trottoir, ils marchent côte à côte, silencieux durant un long moment. Puis, n'y tenant plus, l'adolescent explose:

— Dis quelque chose! Es-tu fâchée contre moi? Ce n'est pas ma faute si mon père s'est pointé à l'improviste!

— Je sais, tu n'y es pour rien. Seulement, c'est difficile pour moi. C'était ma première fois et je n'avais du tout imaginé que ça se passerait ainsi. Je ne parle pas que de l'arrivée de ton père, mais... de tout le reste aussi.

— Comment ça, tout le reste? Je... je n'ai pas été correct envers toi? Est-ce que je t'ai blessée?

Sonia reconnaît bien là le caractère doux et prévenant de son copain. Jamais il ne voudrait lui faire du mal, elle en est convaincue. Pourtant, elle ressent un grand malaise quand elle pense au déroulement de sa fameuse soirée chez Ben.

— Il n'est pas question d'une blessure physique, mais j'étais tellement crispée et tendue que... je n'ai rien ressenti d'agréable. Ce n'est pas ta faute. C'est moi... Enfin, je veux dire... Je ne suis pas certaine que j'étais prête à faire ça.

— Tu ne m'aimes pas assez, c'est ça? demande Benoît qui se méprend sur le sens des paroles de Sonia. Tu n'avais pas le goût de te serrer contre moi?

— Non, je t'aime. Je t'aime vraiment. Ce n'est pas sentimental, c'est mental. Essaie de comprendre. J'ai confiance en toi, je t'aime, mais je ne suis pas complètement à l'aise quand... quand je me déshabille devant toi. J'ai l'impression que je ne suis pas encore prête pour autant d'intimité, pas prête pour le sexe. Et ce n'est pas parce que tout le monde le fait que j'ai envie de passer à l'acte. Je… je ne suis pas prête…

Des larmes coulent sur ses joues, sa gorge se noue et elle est incapable de poursuivre, de s'expliquer correctement. Benoît voudrait la prendre dans ses bras, la serrer tout contre lui pour la consoler. Mais il n'ose pas de peur de l'effaroucher. Il n'est pas sûr de bien comprendre pourquoi elle n'est pas prête à se donner à lui, à s'abandonner à leur amour, mais voilà, il l'aime. Il l'aime vraiment, lui aussi.

Tout doucement, il lui prend la main.

— Eh bien! J'attendrai. J'attendrai le temps qu'il faudra. Je suis désolé que tu aies eu l'impression que je te poussais dans le dos.

Un tendre sourire se pointe entre les larmes de Sonia. L'amour et la patience de Ben, voilà ce dont elle a besoin en ce moment.

C

La partie est commencée depuis longtemps. Elle est même presque terminée lorsque Caroline s'avance vers le court de tennis. Pour le double mixte, Stéphane a réussi à se trouver une jolie partenaire aux longues tresses blondes: sa cousine. Ses coups droits ne sont pas foudroyants, mais elle est régulière et elle se déplace beaucoup, ce qui lui permet de ramener la balle dans le jeu à tout coup. Ou presque.

Apercevant une place libre dans les gradins, Caro se hâte d'aller l'occuper. Ce n'est qu'en s'assoyant qu'elle reconnaît sa voisine de siège. Habillée d'une blouse légère par-dessus une camisole verte et d'un bermuda assorti, son allure diffère totalement de celle qu'elle affichait il y a quelques jours à peine. Pour s'assurer que c'est bien Marilyn, Caro a dû la regarder deux fois plutôt qu'une.

Elles se saluent timidement puis redeviennent silencieuses. Caroline ne sachant pas trop quoi lui dire, elle détourne la tête et porte son attention sur la partie. Marilyn fait de même. Toutes les deux donnent l'impression de suivre le jeu avec le plus vif intérêt. Elles fixent la balle, applaudissent en chœur, retiennent leur souffle aux moments cruciaux. Les points se succèdent, amenant tour à tour chaque équipe près de gagner. Avantage pour… égalité… avantage contre…

Malheureusement, au dernier service de l'adversaire, Stéphane se fait passer un ace entre les dents et doit concéder la victoire. Sa coéquipière, manifestement déçue, laisse tomber les bras. Elle penche la tête en soupirant. Tant d'efforts pour perdre, c'est décourageant. Pourtant, il faut se montrer bonne joueuse et serrer la main des gagnants. Caroline comprend très bien sa déception et celle de Stéphane. Ce dernier, pour réconforter sa cousine, s'approche d'elle, attrape doucement une de ses tresses et tire deux ou trois petits coups. Elle pivote et se force pour lui montrer un visage serein avant de lui faire l'accolade et de l'embrasser sur les joues.

Caroline sourit en les voyant dans les bras l'un de l'autre mais, à côté d'elle, Marilyn se crispe. Les yeux accrochés à Stéphane, elle n'a rien manqué de la scène. Ce petit geste sur la natte blonde la ramène quatre mois en arrière. Elle marchait dans le corridor de l'école, son *hijab* serré sur la tête. Elle ne le portait que depuis quelques jours et s'inquiétait de la réaction de ses camarades de classe. Et c'est là que Stéphane est arrivé, par derrière, et qu'il a fait la même chose. Il a tiré quelques coups sur le voile, doucement, comme on frapperait à une porte : toc-toc, je suis là ! Il voulait qu'elle se retourne et le regarde. Il souriait, à peine moqueur, comme d'habitude, et a poussé une blague. Avant même qu'elle ne réagisse, Rachida avait pris sa défense, le traitant de mécréant, de mal élevé et donnant à la situation l'aspect d'une guerre nationale.

Cela aurait pu se dérouler différemment. Elle en prend conscience maintenant : il n'y avait pas d'agressivité dans le geste de Stéphane. Il n'avait pas l'intention de l'insulter, il cherchait maladroitement à s'approcher d'elle, à entrer en contact avec elle. Les yeux de Marilyn se remplissent de larmes. En ce moment, ce pourrait être elle qu'il tient dans ses bras. Elle a tout gâché. À courir après des chimères, elle a perdu sa chance.

En entendant Marilyn renifler, Caro lui lance un coup d'œil. Elle avait raison après tout, cette fille est amoureuse de Stéphane. En gardienne expérimentée, Caroline a dans ses poches un papier-mouchoir qu'elle offre aussitôt à Marilyn.

Celle-ci hésite un instant avant de le prendre du bout des doigts. Caro se croit obliger d'expliquer :

— Relaxe ! Il n'est pas amoureux d'elle, c'est seulement sa cousine !

Malheureusement, elle n'obtient pas l'effet désiré. Au lieu de disparaître, la tristesse de Marilyn redouble. Ne pouvant la cacher plus longtemps, la jeune fille se lève et s'enfuit sans un mot. Caroline demeure bouche bée. Qu'est-ce qu'elle a bien pu dire de mal ? Ce n'est vraiment pas sa journée. Décidément, elle accumule les gaffes.

C

Debout dans l'allée, Caroline ne sait que choisir. Habituellement, elle prend le paquet fuchsia, mais elle n'en trouve aucun sur les tablettes. Alors, elle ne parvient pas à se décider. Le modèle avec des ailes ou celui à doubles canaux. La maxi ou l'ultra. Mince ou allongée… Non mais vraiment, une fois par mois, c'est dur d'être une femme ! Surtout à quinze ans quand ça nous gêne de demander à une vendeuse de l'information sur les serviettes sanitaires.

Au hasard, elle attrape un paquet jaune en espérant que ça lui conviendra. Elle se dirige vers la caisse où une longue file de clients attendent leur tour. La pharmacie est populaire, aujourd'hui ! Caroline n'admettra jamais que d'acheter ce produit hygiénique, exclusivement féminin, la met un peu mal à l'aise, pourtant elle place discrètement le paquet le long de sa jambe pour ne pas trop le mettre en évidence. Comme si on pouvait dissimuler un spot couleur citron!

La caissière, débordée, demande de l'aide et envoie une partie de la clientèle à une deuxième caisse. Et c'est ainsi que Caroline se retrouve la première à déposer son achat devant une autre caissière. Ou plutôt un autre caissier, Maxime! Il est trop tard pour retirer l'objet embarrassant et revenir à la première caisse. L'adolescent est déjà en train de poinçonner le prix. Il demande même:

— C'est tout?

— C'est bien assez, lui répond-elle machinalement en lui tendant un billet de cinq dollars.

Pendant qu'il compte la monnaie à remettre, elle se sent obligée d'alimenter la conversation.

— C'est *plate*, l'été achève.

Silencieux, il lui rend une poignée de sous.

— Bon, bien, reprend-elle, on se reverra à l'école.

— Ça me surprendrait, je ne reviens pas à La Passerelle.

— Quoi! Tu lâches l'école?

— Non, je suis inscrit dans un collège privé.

Caro se transforme en statue. Figée sur place, elle serre son argent dans une main et le sac dans l'autre mais ne quitte pas sa place. Max remarque sa réaction et ajoute en guise d'explication:

— Une école spéciale pour élèves motivés.

— Et bollés!

Caro est redevenue vivante et la remarque a fusé malgré elle. Elle se range un peu pour laisser passer les autres clients et pour que Maxime puisse travailler pendant qu'elle lui parle.

— Une école où il n'y a pas de «twits», quoi!

— Ouais… c'est surtout parce qu'il y a davantage de cours pratiques en physique et en chimie. La recherche, ça m'intéresse.

Elle le savait déjà. Ce qu'elle vient d'apprendre, c'est qu'elle ne le reverra presque plus. Et cette nouvelle la démolit. Se forçant à sourire, elle le salue et sort de la pharmacie.

Par la vitrine, Maxime la regarde s'éloigner un instant. Puis, il réprime un soupir et se remet au travail. Il n'a jamais su quoi dire aux filles et ça ne semble pas s'arranger avec le temps. Encore une fois, il sent qu'il vient de rater une occasion. Elle a de si beaux yeux verts.

Sur le trottoir, Caroline renifle. C'est à son tour, mais elle n'a plus rien pour se moucher.

Elle a donné son dernier papier-mouchoir à Marilyn, tantôt. Non, ce n'est vraiment pas sa journée. En fait, ce n'est même pas son été. Elle a l'impression de l'avoir passé à s'occuper des autres sans que jamais personne ne se soit informé de ses états d'âme à elle. Comme si elle venait d'accomplir deux mois de stage dans un courrier du cœur.

Quel été ennuyant! Plus décevant que ça, tu meurs!

TESTEZ VOS CONNAISSANCES

Saviez-vous que... l'amour est une préoccupation pour tous les jeunes?

Saviez-vous que... environ 81% des jeunes de 16 ans ont déjà vécu une expérience amoureuse?

Saviez-vous que... seulement 40% des jeunes de 16 ans ont expérimenté une relation sexuelle complète?

Saviez-vous que... les jeunes passent en moyenne 26,7 heures par semaine avec leur amoureux ou leur amoureuse?

Saviez-vous que... les relations amoureuses constituent la principale raison des appels des jeunes à Tel-Jeunes?

Saviez-vous que... une liaison amoureuse réussie exige des efforts et une bonne communication entre les deux partenaires?

Saviez-vous que... chez les filles de 16 ans qui ont un partenaire amoureux, une fille sur trois a vécu de la violence psychologique, une sur cinq de la violence physique et une sur dix de la violence sexuelle?

Saviez-vous que... chez les garçons de 16 ans qui ont une partenaire amoureuse, un garçon sur cinq a infligé de la violence psychologique, un garçon sur dix de la violence physique et un sur vingt de la violence sexuelle?

Saviez-vous que... plusieurs études confirment l'ampleur de la violence dans les relations amoureuses des jeunes?

Saviez-vous que... la première peine d'amour est un jalon important à franchir pour atteindre l'âge adulte?

POUR EN SAVOIR UN PEU PLUS
VRAI OU FAUX?

L'amour est important à tout âge.

VRAI: L'amour est un besoin essentiel chez tout être humain, surtout chez les adolescents. Grâce à l'amour partagé, on se sent valorisé, on devient important pour une autre personne. On peut y prendre du plaisir et s'épanouir.

L'amour est toujours agréable.

FAUX: L'amour peut aussi être synonyme d'angoisse, car on a peur d'être rejeté ou encore on se sent obligé de faire comme les autres pour ne pas être exclu. Il peut aussi arriver que, par timidité excessive ou par crainte d'avoir l'air ridicule, les adolescents ne sachent pas comment exprimer leur amour, ce qui les rend très malheureux.

Quand on aime on doit tout accepter de son partenaire.

FAUX: À cause de ce besoin puissant qu'est la recherche de l'amour, et surtout parce que les adolescents manquent d'expérience dans ce domaine, il peut arriver que les jeunes tolèrent ou adoptent des attitudes qu'ils refuseraient dans un autre contexte. L'intimidation et la violence sont toujours inacceptables.

POUR EN SAVOIR ENCORE PLUS

Comment savoir si on vit un véritable amour?
Quand on aime quelqu'un:
- on veut apprendre à le connaître (ses qualités comme ses défauts) et on l'accepte tel qu'il est;
- on le respecte dans ses valeurs, ses choix, ses idées;
- on peut avoir confiance en lui et c'est réciproque;
- on l'écoute et on se sait écouté en retour;
- on se sent en sécurité avec lui;
- on s'amuse et on rit ensemble.

Relation amoureuse saine = fidélité, confiance et complicité entre les partenaires.

Relation amoureuse malsaine = tricherie, jalousie et besoin obsessif de contrôler son partenaire.

Cinq trucs pour garder son couple en amour:
1. Confiance et respect obligatoires.
La jalousie et le manque de compréhension envers l'autre ne peuvent que le faire fuir.

2. Prononcez les mots magiques: «Je t'aime».
Les vieux couples amoureux les répètent souvent. Ça doit marcher!

3. Un bisou avec ça.
Il est si important d'exprimer son affection…

4. Riez en chœur.
Les bons amis s'amusent ensemble, c'est bien connu. Les amoureux devraient en faire autant.

5. Ne vous quittez jamais en colère.
La colère est mauvaise conseillère. Et bouder dans son coin n'a jamais arrangé les choses. Parlez-vous plutôt que de ruminer des idées noires!

POUR EN SAVOIR BEAUCOUP PLUS

1. Voici quelques sites Internet où l'on peut obtenir de l'information ou de l'aide :

www.santepub-mtl.qc.ca/relationsamoureuses/

Agence de la santé et des services sociaux de Montréal est un organisme dont la mission est de fournir de l'information ou de l'aide dans le domaine de la santé. Son site traite entre autres de la violence faite aux adolescents dans le cadre des relations amoureuses.

http://www.masexualite.ca/adolescents/

Ce site est administré par la **Société des obstétriciens et gynécologues du Canada**. Plusieurs pages y traitent de la sexualité chez les adolescents. On peut y trouver des informations intéressantes, des jeux interactifs pour adolescents, des trucs et des conseils pratiques.

2. Voici quelques organismes qui peuvent vous aider et vous écouter en cas de besoin :

Tel-Jeunes : 514 288-2266 (Montréal)

ou 1 800 263-2266 (au Québec)

Jeunesse, J'écoute : 1 800 668-6868

Tel-Aide : 514 935-1101

INVITATION

En terminant la lecture de ce livre, vous avez sûrement des impressions ou des commentaires au sujet de l'histoire, des personnages, du contexte ou de la collection Faubourg St-Rock + en général.

Nous serions heureux de les connaître. Alors, si le cœur vous en dit, écrivez-nous.

Éditions Pierre Tisseyre
a/s Susanne Julien
9300, boul. Henri-Bourassa Ouest
Bureau 220
Saint-Laurent (Québec)
H4S 1L5

info@tisseyre.ca

Un grand merci à l'avance!

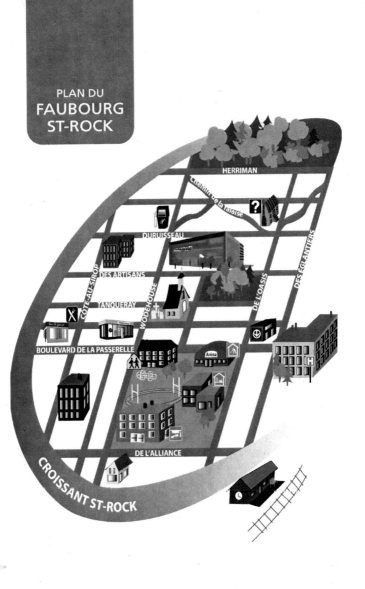

PLAN DU
FAUBOURG
ST-ROCK

HERRIMAN

Chemin de la falaise

DURUISSEAU

DES ARTISANS

CÔTE-AU-SIROP

TANQUERAY

WODEHOUSE

DE L'OASIS

DES ÉGLANTIERS

BOULEVARD DE LA PASSERELLE

Aréna

H

DE L'ALLIANCE

CROISSANT ST-ROCK

COLLECTION FAUBOURG ST-ROCK+
directrice : Marie-Andrée Clermont

Note : Les ouvrages listés ci-dessus dans la collection
Faubourg St-Rock + sont des versions réactualisées
des romans portant les mêmes titres parus
de 1991 à 1998.

Ce livre a été imprimé
sur du papier enviro 100 % recyclé.

Empreinte écologique réduite de :
Arbres : 4
Déchets solides : 105 kg
Eau : 9 919 L
Matières en suspension dans l'eau : 0,7 kg
Émissions atmosphériques : 230 kg
Gaz naturel : 15 m ^{3}

Ensemble, tournons la page sur le gaspillage.